必得有此人，乃能有此诗

宋朝，文学背后的人生

刘睿 著

山东人民出版社 · 济南
国家一级出版社 全国百佳图书出版单位

图书在版编目（CIP）数据

必得有此人，乃能有此诗 / 刘睿著 . -- 济南：山东人民出版社，2023.4
ISBN 978-7-209-14095-9

Ⅰ . ①必… Ⅱ . ①刘… Ⅲ . ①中国文学 - 古典文学研究 - 宋代 Ⅳ . ①I206.44

中国版本图书馆CIP数据核字（2022）第207085号

必得有此人，乃能有此诗

宋朝，文学背后的人生

BIDE YOU CIREN，NAINENG YOU CISHI

SONGCHAO，WENXUE BEIHOU DE RENSHENG

刘睿　著

主管单位　山东出版传媒股份有限公司
出版发行　山东人民出版社
出 版 人　胡长青
社　　址　济南市市中区舜耕路517号
邮　　编　250003
电　　话　总编室（0531）82098914
　　　　　市场部（0531）82098027
网　　址　http://www.sd-book.com.cn
印　　装　济南新先锋彩印有限公司
经　　销　新华书店

规　　格　16开（165mm × 235mm）
印　　张　17. 5
字　　数　180千字
版　　次　2023年4月第1版
印　　次　2023年4月第1次
印　　数　1—3000
ISBN 978-7-209-14095-9
定　　价　78.00元

序言

宋朝三百年，人才辈出，群星闪耀。

文采风流，与命运起伏相伴。文化巨人们在时代背景和个人境遇的变迁中，完成了各自的文学使命，也留下了风格鲜明的人生传奇。

苏轼历典八州半生漂泊，但有“一蓑烟雨任平生”的豁达。

柳永未名未禄一生苍凉，“忍把浮名，换了浅斟低唱”。

范仲淹“先天下之忧而忧，后天下之乐而乐”，为中国知识分子树立了永远的精神标杆。

欧阳修在不断的创作中践行诗文革新的理念，“醉翁之意不在酒，在乎山水之间也”。

苏舜钦因变卖废纸聚餐而被削籍为民，归隐沧浪亭，落笔坦荡，“予以罪废，无所归”。

李清照让女性的天空豁然开朗，她的追求与思考从未被性别束缚，“何须浅碧轻红色，自是花中第一流”。

陈与义“满载一船离恨向衢州”，但在文学

的梦中，他永远是杏花疏影里的吹笛少年。

姜夔终生不仕，流落江湖，而坚守一份倔强的高雅，心有“数峰清苦，商略黄昏雨”。

陆游骑驴入川，感叹“此生合是诗人未”；范成大从慨然使金到决意归隐，终于化身蜻蜓与蛱蝶，穿梭在“昼出耘田夜绩麻”的农耕画卷中。

辛弃疾“醉里挑灯看剑，梦回吹角连营”，却在壮志难酬中识尽愁滋味，他用全部生命来作词，成就了独一无二的文学名片。

吴文英以亦真亦幻的意识流，为宋词留下了一座令人目眩的七宝楼台，“三千年事残鸦外，无言倦凭秋树”。

观点和观点碰撞，才华与才华接力，探索中前行，辩证中发展，宋朝文艺复兴之树枝繁叶茂，焕发蓬勃生机，结出累累硕果。

“必得有此人，乃能有此诗。”一千年后读宋词，品宋诗，谈宋朝文章，依然能感知那些绝无雷同的有趣灵魂跃动在字纸间。文字是写作者的心灵密码，千古名句的背后是一个人的挣扎与成长；文学是一个时代的镜子，宋朝文人的文学追求与人生抉择，映射的是一个王朝的政治、经济、文化背景和历史必然的潮流。

35颗星，35个梦。卸下巨星的光环，他们更像是一群来自宋朝的文友，带着难得的真性情书写属于自己的史诗。回到他们吟诗作词赌书泼茶的年代，在广阔的大历史视角中观察他们的文化人格与命运归宿，完成一次两宋文学史的趣味解读，理解个人与时代的互相成就，获得营养富足的人生智慧和心灵感悟，不亦快哉。

目录

第1辑 词宗

柳永：在宋朝，做一个流行音乐大师 / 003
晏殊、晏几道：最漫长的徘徊 / 011
周邦彦：那些回不去的夏天 / 016
贺铸：一条特立独行的路 / 023
张孝祥：生如夏花 / 030
姜夔：走不出的暗香 / 038
辛弃疾：假如生活欺骗了你 / 046
吴文英：只有夜晚的梦才是真实的 / 058
王沂孙：最后的探戈 / 066

第2辑 文豪

范仲淹：理想主义的碧云天 / 077
欧阳修：不完美的他 / 084
苏轼：永远的神 / 093
苏洵：燃情岁月 / 107
苏辙：不只是苏轼的弟弟 / 114
王安石：我这个怪人，有点天真 / 123
曾巩：像我这样的朋友 / 129

第3辑 诗家

林逋：独处的境界 / 139
黄庭坚：你快乐吗？ / 146
梅尧臣：我的诗中没有奶茶 / 154
苏舜钦：我的前半生 / 162
陈与义：一个诗人的梦醒时分 / 171
陆游：如果有来生 / 179
范成大：从出塞曲到四季歌 / 187
杨万里：我之所爱为自然 / 194
文天祥：地久天长 / 202
叶绍翁：春去春又回 / 211

第4辑 佳人

李清照：南辕北辙 / 221
朱淑真：一个人的阳春白雪 / 229
魏夫人：一千年以后 / 234

第5辑 学者

司马光：夜以继日的求实 / 243
周敦颐：如果莲知道 / 250
朱熹：理性的春天 / 256

第6辑 艺苑

宋徽宗：往事知多少 / 265

第1辑

词宗

如果站在更为宽广的时间轴上看，大多数人是为当下而生，而有些拥有超前智慧的天才是为未来而生。他们或许不曾被命运善待，却在历史的星空中永恒。

柳永：
在宋朝，做一个流行音乐大师

1

宋朝是词的王国，但奉旨填词者绝无仅有。

宋朝多的是金榜题名的佳话，但出身官宦世家的他，只完成了一个暮年及第的哀怨剧本。

柳永的故事，如他挚爱的慢词，适合缓缓道来。

少年本名柳三变，出自《论语·子张》的名字里寄托了父辈的期望："君子有三变：望之俨然，即之也温，听其言也厉。"

如那个时代里所有满腹诗书的少年，他最初的梦想，也是成为刚柔并济的君子，成为学以致用的士人。

少年随父亲辗转各地，饱览山川壮丽，见识风土人情，开始尝试吟诗作词，表达所思所感。

甚至在进京赶考路上，他也心不在焉，流连忘返于钱塘江畔，在词中描绘了杭州的湖山旖旎、都市繁华。一首《望海潮·东南形胜》，上片气势磅礴，全景式俯瞰“烟柳画桥，风帘翠幕，参差十万人家”，下片柔情似水，聚焦西湖的“羌管弄晴，菱歌泛夜，嬉嬉钓叟莲娃”，杭州城的万种风情，跃然纸上。

传唱一时。

望海潮·东南形胜

东南形胜，三吴都会，钱塘自古繁华。烟柳画桥，风帘翠幕，参差十万人家。云树绕堤沙，怒涛卷霜雪，天堑无涯。市列珠玑，户盈罗绮，竞豪奢。

重湖叠巘清嘉。有三秋桂子，十里荷花。羌管弄晴，菱歌泛夜，嬉嬉钓叟莲娃。千骑拥高牙。乘醉听箫鼓，吟赏烟霞。异日图将好景，归去凤池夸。

尚未考取功名的柳永，已然成为词界新星。可以说是柳永遇见了宋词，也可以说是宋词遇见了柳永。

词于五代开始盛行，尤其在后蜀和南唐得到了真正的发展。在温庭筠等词人的努力下，民间词开始向文人词转型，但词风依然局限于浮华萎靡，不入大雅之堂。宋朝才是词的黄金时代，而柳永，带来了划时代的转折。

柳永领衔了词在北宋发展的第一个时期，他最卓越的贡献是慢词。

北宋商品经济繁荣，市民阶层兴起，物质生活丰足，在精神享受上也有更高的追求，比如音乐。长期以来同一种嘈嘈如急雨的轻快曲风未免乏味，人们转而也开始爱好节奏缓慢悠扬的曲子。慢词应运而生。

作为音乐文学的词，与音乐相辅相成。慢词的名称从“慢曲子”而来，是依慢曲所填写的调长拍缓的词。“慢曲子”是相对于“急曲子”而言的，慢与急是按照乐曲的节奏来区别的。

唐五代时期，词的体式以小令为主，慢词总共不过十多首；到了宋初，词人擅长和习用的仍是小令。与柳永同时而略晚的晏殊和欧阳修，慢词创作屈指可数，其后的晏几道仍专攻小令；而柳永一人就创作了慢词87首，柳永还是两宋词坛创用词调最多的词人，在宋词880多个词调中，属于柳永首次使用的就有100多个。

在柳永以后，长篇的慢词开始流行，慢词与小令开始平分秋色，在创作成就上也相映生辉。

柳永对词的开拓是全方位的。他在词调的创用、题材的丰富、结构的章法和语言的表达上，都对后世词人有着深刻的影响。他擅长描写普通人的生活与情感，语言细腻且通俗，气氛渲染与空间架构挥洒自如，雅俗共赏的柳词，达到了空前的流行。从苏轼、黄庭坚到秦观、周邦彦，莫不汲取了柳词表现手法的精华，更承继了柳永的革新精神，让宋词在接力的开拓与创新中抵达空前繁盛。

2

柳永的词，最动人之处，是一个难以复制的“我”。在他的笔下，所有爱断情伤、离愁别绪，都出自坦荡而真实的“我”，从不假借他人代言。

《八声甘州·对潇潇暮雨洒江天》，上片秋色层层点染，寒意扑面而来，下片以他最擅长的时空切换，转而切入望远思归的场景，一切都由“我”而起，也因“我”而休，“我”看见，“我”听到，“我”感知，“我”正在惆怅，多少离愁凝结在风霜中。

八声甘州·对潇潇暮雨洒江天

对潇潇暮雨洒江天，一番洗清秋。渐霜风凄紧，关河冷落，残照当楼。是处红衰翠减，苒苒物华休。唯有长江水，无语东流。

不忍登高临远，望故乡渺邈，归思难收。叹年来踪迹，何事苦淹留？想佳人、妆楼颙望，误几回、天际识归舟。争知我、倚阑干处，正恁凝愁。

王国维的一句“柳词《八声甘州》苏词《水调歌头》更是格高千古，不能以常调论”，可以说是一位公认的婉约词人能获得的极高评价了。

大名鼎鼎的苏轼，对于柳词可谓又恨又爱。学习柳词，是后辈词人绕不开的起点，而跳出柳词，足以难住苏东坡。像苏轼这样天赋过人的后辈，早有在“柳七郎风味”之外自成一家的自觉性，然而似乎并没有足够的自信。

据南宋俞文豹《吹剑续录》记载，苏轼曾问一位精通音律的幕僚，“我词何如柳七？”答曰：“柳郎中词，只合十七八女郎，执红牙板，歌‘杨柳岸、晓风残月’。学士词，须关西大汉、铜琵琶、铁棹板，唱‘大江东去’。”

这也印证了世人对于柳永和苏轼的某种误读，他们常被以偏概全尊为“婉约”与“豪放”两种风格派别的“当家人”，实则都是亦秀亦豪、执着于创新的宋词改革家。但在人生道路上，两人的归宿却迥异。

“凡有井水饮处，皆能歌柳词”，如同今天所说“每个人心中都有一首李宗盛”，在宋朝，每个人心中都有一首柳永吧。

词给柳永带来街知巷闻的声名，却并未让他获得主流社会的认可。人们一边热爱着、吟唱着他的词作，一边浇灭了他成就功名的希望。柳词的突破一日千里，而柳永的科考之路还在原地踏步。人到中年的他，依然踯躅在进士及第的门外。早年落榜时，他曾年少气盛写下了一首讽刺科考与朝堂的《鹤冲天·黄金榜上》，也许命运从那时起就注定了。

鹤冲天·黄金榜上

黄金榜上，偶失龙头望。明代暂遗贤，如何向。未遂风云便，争不恣狂荡。何须论得丧？才子词人，自是白衣卿相。

烟花巷陌，依约丹青屏障。幸有意中人，堪寻访。且恁偎红倚翠，风流事，平生畅。青春都一饷。忍把浮名，换了浅斟低唱。

在传说与典故中，因为柳永自封“白衣卿相”，听闻此诗后大为恼火的宋仁宗便引用他的词句“忍把浮名，换了浅斟低唱”说，“既然想要‘浅斟低唱’，何必在意虚名”，刻意从“黄金榜上”划去柳永之名。有人向仁宗推荐柳永，仁宗回复“且去填词”，自此后柳永出入酒肆歌楼，自号“奉圣旨填词柳三变”。

他是历史上第一个真正的专业词人，除了考中进士后担任过诸如“屯田员外郎”之类的不起眼官职，一生大半时光是以词为生。苏轼“历典八州”半生漂泊，但柳永，连被贬的资格也没有。

以词为生，生活如何？没那么好，也没那么坏。远离官场，使他能够沉心创作，偎红倚翠，让他得到了优秀的艺术搭档。柳永填的词，是一首曲子能够走红的保证；烟花巷陌里的传唱，则让他声名日盛。人生几何，知音难觅，同是天涯沦落人的柳永与歌伎们，彼此成就，惺惺相惜，一同开创了慢词的新境界。她们在他生前资助他，在他死后凭吊他，每年清明的“吊柳会”，是在凭吊一份对于美的纯粹追求。

同题《蝶恋花·春景》，东坡词哀而不伤：

蝶恋花·春景

花褪残红青杏小。燕子飞时，绿水人家绕。枝上柳绵吹又少，天涯何处无芳草！

墙里秋千墙外道。墙外行人，墙里佳人笑。笑渐不闻声渐悄，多情却被无情恼。

而柳词，则有一种独属于他的悲剧美。

蝶恋花·伫倚危楼风细细

伫倚危楼风细细，望极春愁、黯黯生天际。草色烟光残照里，无言谁会凭阑意。

拟把疏狂图一醉，对酒当歌、强乐还无味。衣带渐宽终不悔，为伊消得人憔悴。

以李清照的《词论》为代表，当时文坛对柳永其人其词的评价无非是“浪人情歌”，“虽协音律，而词语尘下”。他最终以一曲超长的《戚氏·晚秋天》，回顾了生平坎坷辛酸，赢得了堪比《离骚》的美誉。

《戚氏》是柳永自制的新调，《戚氏·晚秋天》共三片，长达212字。从黄昏到深夜，从今夜到从前，从飞云黯淡到行人凄楚，从孤馆度日到旧游似梦，以秋声秋色写悲，以感今追昔写恨，像是要将这“未名未禄”的苍凉一生都唱与你听。

戚氏·晚秋天

晚秋天，一霎微雨洒庭轩。槛菊萧疏，井梧零乱，惹残烟。凄然，望江关，飞云黯淡夕阳间。当时宋玉悲感，向此临水与登山。远道迢递，行人凄楚，倦听陇水潺湲。正蝉吟败叶，蛩响衰草，相应喧喧。

孤馆度日如年，风露渐变，悄悄至更阑。长天净、绛河清浅，皓月婵娟。思绵绵。夜永对景，那堪屈指，暗想从前。未名未禄，绮陌红楼，往往经岁迁延。

帝里风光好，当年少日，暮宴朝欢。况有狂朋怪侣，遇当歌对酒竞留连。别来迅景如梭，旧游似梦，烟水程何限。念利名、憔悴长萦绊，追往事、空惨愁颜。漏箭移，稍觉轻寒，渐呜咽、画角数声残。对闲窗畔，停灯向晓，抱影无眠。

“离骚寂寞千载后，戚氏凄凉一曲终。”

在世俗生活中，柳永是家喻户晓的作词人，但在名利场上，他是怀才不遇的失意者。他讥笑着科考与朝堂，却又渴望被其接纳。这是他一生走不出的怨念。

或者可以说，是历史作出的选择，让范仲淹们去忧国忧民，让柳永们去填词。

宋仁宗的一句“且去填词”，改变了宋词的发展史，可惜《宋史》中并没有柳永。在评判体系单一的时代，柳永到底意难平。

柳永存世一部《乐章集》，他是毋庸置疑的北宋流行音乐大师。雅俗共赏，让文学与音乐结合，让词成为流行文化，主动探索与适应市场，又在大量金曲的传唱中提升大众审美，当日柳永所有的选择与努力，在今天看来都是如此值得赞扬，但在一千年前的宋朝，他不合时宜。

如果站在更为宽广的时间轴上看，大多数人是为当下而生，而有些拥有超前智慧的天才是为未来而生。他们或许不曾被命运善待，却在历史的星空中永恒。

在阅尽世态炎凉后，他为自己构建了一个只与风花雪月相关的梦境，在梦里体验最纯粹的爱恨悲欢缠绵悱恻，这未尝不是自我圆满的方式。

晏殊、晏几道：
最漫长的徘徊

神童晏殊，人生开篇相当华丽：因为天赋异禀而又勤奋刚直，横空出世便备受赏识，年纪轻轻而手握大好资源。历史和经验都在告诉人们，这往往是一个令人担忧的开篇。但从抚州来的少年晏殊没有让人失望。

他并未如此前的很多天才少年那样，成为历史天空中划过的一颗流星，黯然消失或陨落，而是品行端正、处事圆融，既生逢盛世便抓住每一个机遇，施展才华与能力，在理智与情感的平衡中，让人生结出了丰硕的果实。

晏殊仕途顺利，因为德才兼备、任人唯贤，在35岁时即实现了很多人一辈子的梦想——成为大宋宰相。他重视教育，爱惜人才，和范仲淹一起倡导推行教育改革，使京师至郡县，都设有官学，开创大办教育之先河，史称“庆历兴学”，而“庆历新政”

的推行中，晏殊是实际上的总策划人。

但早慧的少年似乎参透了功名利禄都是过眼云烟。年少时勤奋好学的习惯伴随了一生，晏殊笔耕不辍，以词著称于文坛，尤擅小令，是“婉约派”风格的代表人物。他写了一万多首词，可惜大部分已散佚，仅存《珠玉词》一百三十余首。

这一部《珠玉词》，确是字字珠玑。

蝶恋花·槛菊愁烟兰泣露

槛菊愁烟兰泣露，罗幕轻寒，燕子双飞去。明月不谙离恨苦，斜光到晓穿朱户。

昨夜西风凋碧树，独上高楼，望尽天涯路。欲寄彩笺兼尺素，山长水阔知何处？

王国维在《人间词话》中说，古今之成大事业、大学问者，必经过三种之境界：从“昨夜西风凋碧树，独上高楼，望尽天涯路”，到“衣带渐宽终不悔，为伊消得人憔悴”，直至“众里寻他千百度，蓦然回首，那人却在灯火阑珊处”。

那个“独上高楼，望尽天涯路”的少年，在由少年天才成长为国之栋梁的人生路上，必定也有过千回百转的心路历程，他将其含蓄婉约地表露于词中，一如为人处世的风格。

浣溪沙·一曲新词酒一杯

一曲新词酒一杯，去年天气旧亭台。夕阳西下几时回？

无可奈何花落去，似曾相识燕归来。小园香径独徘徊。

纵然才学过人，也曾经历衣带渐宽的憔悴折磨，才终于到达了蓦然回首的思想彼岸，但呈现在他词中的意境，终究是婉约，也终有品格。这品格，是典雅，清新，恪守传统。

只有当慨叹年华易逝、青春不再时，晏殊才会纵容自己真情流露吧。一首《采桑子·时光只解催人老》，道尽世人对时光匆匆的无奈。

采桑子·时光只解催人老

时光只解催人老，不信多情，长恨离亭，泪滴春衫酒易醒。

梧桐昨夜西风急，淡月胧明，好梦频惊，何处高楼雁一声？

一代人的青春老去，又一代人的青春冒了出来。岁月催人，岁月也带来礼物。晏殊获得的，是一个完美继承了其文学基因的小儿子——晏几道。青出于蓝，晏几道在词的创作风格上与父亲一脉相承，更胜于蓝，他专注于言情，小令清新灵动，尤负盛名，成为宋词婉约派的重要作家，有《小山词》留世。宋词三百首，晏几道十五首入选，成绩斐然。

金鞭美少年，去跃青骢马。牵系玉楼人，绣被春寒夜。

晏几道如所有的“金鞭美少年”一样，生平不肯依傍权贵，纵然父亲去世后家道中落，也绝不肯曲意逢迎。他的仕途境遇与父亲迥异，大多时困顿落魄，于是寄情歌楼舞榭，且在其间开拓他最擅长的小令的艺术空间。《小山词》260首，除了长调3首，其余皆为小令。

失之东隅，收之桑榆。官场失意的他，却将小令词发展到艺术价值的巅峰。他糅合了晏殊的典雅与柳永的通俗，建立了雅俗共赏的个人风格，因个人处境的悲苦，他的婉约有着苍凉的底色。

赞颂自然与爱情的美好，晏几道比父亲更热烈，抒写离愁别绪，他又比父亲更坦率。坦率而真挚，是独属于他的特质，他将两情相悦，提升到心灵相通的层面，他将情到深处，写出了沉迷痴狂的境界。他痴情，而不流俗，令人惊叹，却难以复制。他是官场的输家，却是文学的王者。

玉楼春·东风又作无情计

东风又作无情计，艳粉娇红吹满地。碧楼帘影不遮愁，还似去年今日意。

谁知错管春残事，到处登临曾费泪。此时金盏直须深，看尽落花能几醉！

临江仙·梦后楼台高锁

梦后楼台高锁，酒醒帘幕低垂。去年春恨却来时，落花人独立，微雨燕双飞。

记得小蘋初见，两重心字罗衣。琵琶弦上说相思，当时明月在，曾照彩云归。

南乡子·新月又如眉

新月又如眉。长笛谁教月下吹。楼倚暮云初见雁，南飞。漫道行人雁后归。

意欲梦佳期。梦里关山路不知。却待短书来破恨，应迟。还是凉生玉枕时。

蝶恋花·梦入江南烟水路

梦入江南烟水路，行尽江南，不与离人遇。睡里消魂无说处，觉来惆怅消魂误。

欲尽此情书尺素，浮雁沉鱼，终了无凭据。却倚缓弦歌别绪，断肠移破秦筝柱。

新月、彩云、长笛、短书、落花、微雨，生活中一切微不足道的美，皆可成为他信手拈来的意象；小蘋、小莲，是他的缪斯，也是所有忧伤的源头。在阅尽世态炎凉后，他为自己构建了一个只与风花雪月相关的梦境，在梦里体验最纯粹的爱恨悲欢缠绵悱恻，这未尝不是自我圆满的方式。

晏殊和晏几道以父子接力的才华与品格，在婉约词的小园香径里徘徊，那是他们亲手建造、精心栽培的精神家园，他们是真正的主宰，亦是辛勤的园丁。

一千年以后，没有谁还记得那些是非成败，只有珠玉与小山永远流传。

才貌双绝的美成，或许也不屑于委身于权力的游戏与阴谋的世界中。他将婉约词的艺术技巧推向巅峰的同时，词也为他的人生带来了旖旎风光和似水柔情。

周邦彦：

那些回不去的夏天

在北宋末年做一个才子，是幸运也是生不逢时。

宋词的接力棒，传递到周邦彦的手中时，胜局已然毫无悬念。经过了从五代到北宋一众文化巨人的理论探索与创作实践，宋词日臻成熟，小令和慢词相映生辉，豪放与婉约共襄盛举，成了可与唐诗平分秋色的艺术形式。

词与词人互相成就。“奉旨填词”的柳永一生“未名未禄”，但留下了“凡有井水饮处，皆能歌柳词”的慢词传奇；官场失意的晏几道，却将小令词发展到艺术价值的巅峰，在风花雪月的梦境中实现了一个情痴的自我圆满；苏轼跳出了儿女情长，将生命感悟写进了词中，他对文学意义的思考，让宋词拥有了更为广阔的天空。

周邦彦面前的宋词，已然完成了自己的黄金时代。无论是岌岌可危的王朝，还是宋词本身，此时都并不需要又一位词坛巨星来锦上添花。

想要冲出重围，太难。

论才华，他或许不逊于柳永与苏轼，但时机确实晚了那么一步。他拥有了前辈们不懈努力开创下的宋词发展局面，而一个政通人和背景下的文化盛世已至末梢。

从大历史视角来看，他似乎又早生了那么一步。他在所处的时代，尚未触及真正的家国之恨与黍离之悲，彻骨的苍凉未曾到来，一个王朝的命运走向，他还没有看见。

但在时局不明朗前途难预料的那些年，生活总要继续，衣食住行繁衍生息，都不曾停滞，该写作也还是要写作。

令这位钱塘美少年一举成名的倒不是词。身为汴京太学生的周邦彦，以一篇洋洋万言的《汴都赋》描绘了汴京盛况，也歌颂了新法，一时名动天下，备受朝廷赏识。后来因锋芒毕露，不善周旋，周邦彦的仕途历经波折，但他运用赋笔的才华并未因此埋没，还在词的创作中大放异彩。

经历了柳永和苏轼们的不懈努力一再拓展，宋词到了此时已经没有新鲜的题材。

这是集大成的痛苦。周邦彦用一支赋笔，打破了僵局。

《满庭芳·夏日溧水无想山作》写于溧水县令任上，如此前很多宋词名篇，抒发的是宦海沉浮之苦闷。

满庭芳·夏日溧水无想山作

风老莺雏，雨肥梅子，午阴嘉树清圆。地卑山近，衣润费炉烟。人静乌鸢自乐，小桥外、新绿溅溅。凭阑久，黄芦苦竹，拟泛九江船。

年年、如社燕，飘流瀚海，来寄修椽。且莫思身外，长近尊前。憔悴江南倦客，不堪听、急管繁弦。歌筵畔，先安枕簟，容我醉时眠。

雏莺在春风中长大，梅子在春雨中成熟，而词人却在年年如社燕一般的漂泊中蹉跎岁月。近观小桥外，遥想白居易，推及己身，愁苦渐深，而最终也只能以“容我醉时眠”来逃避现实。在抑扬顿挫的风物描绘中，情绪起承转合，丝丝入扣，但求共鸣。

这一番描写与抒情，皆跳不出“无可奈何花落去”的婉约派格局，但谋篇布局的巧妙与精雕细琢的士人风范，无疑是青出于蓝而胜于蓝了。

哪怕没有新鲜的词牌。

范仲淹的《苏幕遮》，是“碧云天，黄叶地”的苍凉与壮阔，是“秋色连波，波上寒烟翠”的清冷孤寂，而周邦彦的《苏幕遮》，是点点滴滴的回忆，和再也回不去的夏天。

苏幕遮·燎沈香

燎沈香，消溽暑。鸟雀呼晴，侵晓窥檐语。叶上初阳干宿雨，水面清圆，一一风荷举。

故乡遥，何日去？家住吴门，久作长安旅。五月渔郎相忆否？小楫轻舟，梦入芙蓉浦。

眼前的夏日总是暑热蒸腾，水面风荷正举，偶有些许凉意，便将人带回了记忆中的夏天。这阕词上片写实，下片写虚，虚实之间，由“一一风荷举”完成转换。他人写荷，多写其静，而周邦彦的画笔，捕捉了荷之动态。虽有范仲淹的《苏幕遮》珠玉在前，但周邦彦的《苏幕遮》有如出水芙蓉一般的清新自然，却也毫不逊色，成为另一种风格的经典。

内容难以突破，周邦彦是形式美的极致追求者。专攻婉约词的他，在艺术技巧上寻求突破。他本人精通音乐，因此能研音炼字，精打细磨，在审订词调方面作了不少精密的整理工作，在填词技巧上也有不少新创举。

同为慢词代表人物，但因生活经历和审美情趣的不同，周邦彦试图一改柳永的通俗，让词回归文人雅士的艺术品位，同时也努力修正苏轼重文学而轻格律的倾向，他极端重视词与音乐的结合，严守格律，使词的声律模式进一步规范化、精密化。

这样的周邦彦，成了宋词艺术技巧的大师。善用赋笔刻画，让他可以在诗词创作中从容调度过去、现在与未来，让情景交融，让虚实结合，旁征博引，信手拈来，形象丰满而语言华丽，词在周邦彦炉火纯青的运筹帷幄下，组成有机结合的统一整体。他对词的技巧精雕细琢，达到了前所未有的境界。

他更能自度新曲，创造了《六丑》等新词牌。严守格律，配合严密的思绪和完整的铺叙，让周邦彦以“思”力脱颖而出。

六丑·蔷薇谢后作

正单衣试酒，怅客里、光阴虚掷。愿春暂留，春归如过翼，一去无迹。为问花何在？夜来风雨，葬楚宫倾国。钗钿堕处遗香泽，乱点桃蹊，轻翻柳陌，多情为谁追惜？但蜂媒蝶使，时叩窗槅。

东园岑寂，渐蒙笼暗碧。静绕珍丛底，成叹息。长条故惹行客。似牵衣待话，别情无极。残英小，强簪巾帻；终不似、一朵，钗头颤袅，向人欹侧。漂流处，莫趁潮汐。恐断红、尚有相思字，何由见得。

兰陵王·柳

柳阴直，烟里丝丝弄碧。隋堤上、曾见几番，拂水飘绵送行色。登临望故国，谁识京华倦客？长亭路，年去岁来，应折柔条过千尺。

闲寻旧踪迹，又酒趁哀弦，灯照离席。梨花榆火催寒食。愁一箭风快，半篙波暖，回头迢递便数驿，望人在天北。

凄恻，恨堆积！渐别浦萦回，津堠岑寂，斜阳冉冉春无极。念月榭携手，露桥闻笛。沉思前事，似梦里，泪暗滴。

光阴虚掷，年华易逝，身世飘零，前尘若梦，是周邦彦词中循环往复的主题。但他显然并未虚度光阴，并且在不断的创作中确立了独特的个人风格。一曲《兰陵王·柳》，迂回婉转，感人肺腑，也因而广为传唱，街知巷闻，“西楼南瓦皆歌之，谓之《渭城三叠》”，一时盛况空前。

集大成者，能博采诸家之所长，而摒弃前辈之所短。周邦彦的词作，在内容题材上并不见革命性的突破，离愁别绪、闺阁恋情、人生苦短，都是被一再抒写的传统题材，依然拘囿于文人书房，不曾反映更为广阔的社会生活。这是时代所限，也是个人的格局，但他贵在能够兼收并蓄，并能主动引导词的创作走向华丽精致的道路。作为婉约派词人，他的词中也糅合了豪放派的艺术特点，并对两种截然不同的风格流派都进行了思辨，而力求艺术技巧上的尽善尽美。

“前收苏、秦之终，复开姜、史之始”，继承了北宋柳永、秦观等人的成就，开了南宋格律词派的先河，周邦彦完成了承上启下的使命，成为公认“负一代词名”的词人，他的词作在后世婉约词人中长期被尊为“正宗”，使婉约词走上了艺术的高峰。其著作《清真居士集》已散佚，在存世一部的《片玉集》里，跃动着精雕细刻的巧思和不世而出的才华。

周邦彦，字美成，人如其名，是当世公认的美男子。大美天成，也是他穷尽一生追求的词之境界。

王国维在《人间词话》中评周邦彦，“美成深远之致，不及欧、秦，唯言情体物，穷极工巧，故不失为第一流之作者。但惟创调之才多，创意之才少耳”，点明了周邦彦对词的开拓，和他的局限。但其强大的铺叙能力和执着的技巧追求，终究让他在词坛独树一帜，成了备受赞誉的“词中老杜”。

宋徽宗时期，周邦彦曾任职大晟府，专事词曲创作，这或许是最适合他的地方，但他在官场终究是个不合时宜之人，改变不了“宦游年年”的命运。

才貌双绝的美成，或许也不屑于委身于权力的游戏与阴谋的世界中。他将婉约词的艺术技巧推向巅峰的同时，词也为他的人生带来了旖旎风光和似水柔情。他是词坛天王巨星，拥有无数拥趸，包括名冠汴京的李师师，甚至贵为天子的宋徽宗，三人之间甚至留下了一段“纤手破新橙”的传闻，至今惹人遐思。

相比于道貌岸然正襟危坐，周邦彦似乎更乐于成为文坛风云人物，偶尔在娱乐新闻中客串演出，便一举登上头条。周邦彦拥有了所有才子向往的生活，却终究是镜花水月一场虚幻。他不会知道，北宋这座华丽而腐朽的大厦即将倾覆；也没有看见，李师师，宋徽宗，汴京，《兰陵王》，他生命中所有重要的符号都会顷刻消散，结局悲凉。

那些沉香缭绕的夏日，和属于一个书生最好的时代，都再也回不去了。

这个不曾于战场体验过金戈铁马、号令一兵一卒的人，下笔却可以调遣李商隐和温庭筠，如入文学竞赛里的无人之境，不亦快哉。

贺铸：

一条特立独行的路

1

北宋初年，文豪辈出，学而优则仕，是大多数才子的选择。同样诗书满腹的贺铸，却错过了那个通往锦绣前程的起点。

集诸多矛盾于一身的他，走了一条特立独行的路。

他出身军人世家，但不曾亲历沙场，蹉跎半生，只能在武官系统的底层打转，担任低级职务，诗句“三年官局冷如冰，炙手权门我未能”是他内心的真实写照。

他厌恶官场，又不得不委身其间为稻粱谋。因为不愿意攀附权贵，始终难以出人头地，薪俸微薄，家庭生活困顿窘迫，度日艰辛。贺铸以“喜面刺人过”闻名遐迩，虽然身份低微，但遇到权贵之人，从不肯阿谀奉承，执行公务时也严格秉公办事，据记载，曾有贵族子弟因盗窃而被贺铸棒打，此后那些曾经依仗权势飞扬跋扈的人，遇到他便“侧目不敢仰视”。

他为人爽直，性格刚毅，仿佛江湖侠客，而偏偏又是如假包换的“寒苦一书生”。宋史中称他“博学强记，工语言，深婉丽密，如次组绣”，可见其人才华横溢。

可他的相貌，却与笔下的雍容妙丽，构成了一种对立。“长七尺，面铁色，眉目耸拔”是对他外形的官方表述，“贺鬼头”是世人给他的“昵称”，他的人与他的词，就是“铁汉柔情”在现实世界里的真人示范。

在文学的天地里，贺铸堪称全才，他能作诗文，公认为“尤长于度曲”，在星光熠熠的北宋文坛，一生仕途黯淡、混迹于官场底层的贺铸，能够成为一朵不可小觑的“奇葩”，凭借的是天赋的才华与真实的情怀，他作文如做人，从不随波逐流，而常能推陈出新，“掇拾人所弃遗，少加隐括，皆为新奇”。

贺铸的词，兼具豪放、婉约二派之长，他擅长锤炼语言和化用前人成句。他又能严守韵律，使词作富有节奏感和音乐美，体现出他对词这种体裁的认知与理解。感慨春花秋月之时，语言清新优雅，情绪自然流动，堪比秦观、晏几道；而爱国忧时抒写人生，又雄浑激昂，胸襟坦荡，不逊于苏轼。其词作影响绵延至后世，南宋词人辛弃疾对其词多有续作。他完成了豪放词从苏轼到辛弃疾的过渡，亦为婉约词增添了流传千古的佳篇。贺铸，是宋词承前启后的中坚力量。

苏门文人张耒为贺铸文集《东山词》作序称赞：“方回乐府妙绝一世，盛丽如游金、张之堂，妖冶如揽嫱、施之祛，幽索如屈、宋，悲壮如苏、李。”贺铸以丰富多变的风格与质量俱佳的作品，将自己的名字铸就为宋词史上绕不开的“贺方回”。

但所有客观评价他大概都不会满意。他本人对于自身的文采是极其自负甚至狂傲的，“吾笔端驱使李商隐、温庭筠常奔命不暇”。

这个不曾于战场体验过金戈铁马、号令一兵一卒的人，下笔却可以调遣李商隐和温庭筠，如入文学竞赛里的无人之境，不亦快哉。

贺铸是有底气恃才傲物的。一曲《青玉案·凌波不过横塘路》，成就了宋词里永恒的雨季。

青玉案·凌波不过横塘路

凌波不过横塘路，但目送、芳尘去。锦瑟华年谁与度？月桥花院，琐窗朱户，只有春知处。

飞云冉冉蘅皋暮，彩笔新题断肠句。试问闲愁都几许？一川烟草，满城风絮，梅子黄时雨。

唯有才华可以化腐朽为神奇。愁绪万千、柔情似水的《青玉案》，让面目可憎的“贺鬼头”转身成为一身风雅的“贺梅子”。黄庭坚曾抄录此词置于案头，反复咂摸品味，并作小诗以赠贺铸，“少游醉卧古藤下，谁与愁眉唱一杯？解作江南断肠句，只今唯有贺方回”。

2

如同每一枚硬币都有它的两面，贺铸的人生失意与得意交织。

他被时代裹挟了人生，亦在那个不曾如鱼得水的时代中成就了自己。

羁旅漂泊的他，最擅长表达离愁别绪。一首《西江月·携手看花深径》，是旅夜书怀的经典之作。

西江月·携手看花深径

携手看花深径，扶肩待月斜廊。临分少伫已依依，此段不堪回想。

欲寄书如天远，难销夜似年长。小窗风雨碎人肠，更在孤舟枕上。

贺铸无疑是情感转化的天才。携手看花之美好，于漂泊在外的旅人，却是不堪回想的画面，短短几句，完成了爱与痛的纠结。旅人的宿命，是回归小窗风雨孤舟枕上的现实。

他一生清苦，但有妻子不离不弃，贺妻勤俭持重、甘于清贫，为操持勉强度日的家不辞辛劳，贺铸虽仕途失意但拥有忠贞不渝的爱情。他擅长于真实动人的生活细节中抒写情感，在场景的切换中完成得与失的思考与阐发，这一写作特点也是来自切身感受吧。

贺铸于宋徽宗年间退居苏州，开始了杜门校书的晚年生活，可惜此时身边已经没有了相濡以沫的妻子。一首《鹧鸪天·重过阊门万事非》，是他此时心境的写照。

鹧鸪天·重过阊门万事非

重过阊门万事非，同来何事不同归？梧桐半死清霜后，头白鸳鸯失伴飞。

原上草，露初晞。旧栖新垅两依依。空床卧听南窗雨，谁复挑灯夜补衣？

他人向往拥有的美好，而贺铸独自品尝失去的悲伤。这首词与苏轼《江城子·乙卯正月二十日夜记梦》并列为宋词悼念之作的不朽名篇，“纵使相逢应不识”与“谁复挑灯夜补衣”，都是洗尽铅华的深情。

当两鬓苍苍，回首这失意潦倒却桀骜不驯的一生，究竟是否有悔恨呢？贺铸没有正面的回答，只在词中婉转纾解心中苦闷，任凭后世去揣测。

芳心苦·杨柳回塘

杨柳回塘，鸳鸯别浦。绿萍涨断莲舟路。断无蜂蝶慕幽香，红衣脱尽芳心苦。

返照迎潮，行云带雨。依依似与骚人语。当年不肯嫁春风，无端却被秋风误。

看似写荷花，却是写自己。“红衣脱尽芳心苦”是太过苦楚的自喻。“当年不肯嫁春风”的贺铸，到最后只能品尝“无端却被秋风误”的滋味。

但他终究将这份孤高进行到底了，也终究将才华铸就成了一张名片。南宋张炎曾评论：“词中一个生硬字用不得，须是深加煅炼，字字敲打得响，歌诵妥溜，方为本色语。如贺方回、吴梦窗，皆善于炼字面，多于温庭筠、李长吉诗中来。”

王国维说“北宋名家，以方回为最次”，且直指“其词如历下、新城之诗，非不华赡，惜少真味”，以真性情著称的贺铸，大约不能同意吧。

如词学家龙榆生所言：“贺铸词于温柔缱绻之外，复有奇崛壮浪之姿。”豪放词从苏轼的别开生面到辛弃疾的蔚然成风，贺铸是其间的重要过渡。其慷慨豪纵之作，对辛弃疾影响很深。他的词作多取唐诗之精华，这种作词手法影响了周邦彦，人们便以“贺、周”并称。

一首《六州歌头·少年侠气》，证明了贺铸的豪放，写尽了贺铸的双面人生。

六州歌头·少年侠气

少年侠气，交结五都雄。肝胆洞，毛发耸。立谈中，死生同。一诺千金重。推翘勇，矜豪纵。轻盖拥，联飞鞚，斗城东。轰饮酒垆，春色浮寒瓮，吸海垂虹。闲呼鹰嗾犬，白羽摘雕弓，狡穴俄空。乐匆匆。

似黄粱梦，辞丹凤；明月共，漾孤蓬。官冗从，怀倥偬；落尘笼，簿书丛。鹖弁如云众，供粗用，忽奇功。笳鼓动，渔阳弄，思悲翁。不请长缨，系取天骄种，剑吼西风。恨登山临水，手寄七弦桐，目送归鸿。

贺铸一个人的侠气与悲凉，也是一个王朝美丽与哀愁的缩影。特立独行的他，本有可能成为继苏轼之后另一枚有趣的灵魂，可惜造化弄人。

命运给了他太多的纠结，让他成为“矛盾”两个字的代言人。辗转迁徙、天涯沦落的生活，终究将少年侠气的豪迈化作目送归鸿的叹息。数百年后的英国乡间少女简·奥斯汀坦率地指出，“没有什么比贫穷更能磨损一个人”，但在贺铸身处的时代，他并没有选择与改变命运的机会。

壮志难酬的贺铸，于北宋这座大厦将倾前完成了狂放与苦闷重叠的一生，或许是他最后的幸运。

这是艰难时世中偶然出现的光彩，那一刻的心潮澎湃，让张孝祥短暂忘却了现实的忧虑，他站在历史的时空中纵横捭阖，典故信手拈来，古今交融浑然一体。“小乔初嫁，香囊为解”是对苏轼的隔空呼应，而“剪烛看吴钩”像是对辛弃疾的大胆启发。宋词豪放派的思路，于敞亮的文字间默契传递。

张孝祥：

生如夏花

1

张孝祥，科举史上最危险的状元。

并非盛名难副。恰恰相反，他的才华，世所公认。他的人生，却与飞黄腾达毫无关联。那不是他追求的目标，而他真正的理想，从一开始就注定了终将湮没于时间的河流中。

张孝祥是唐代诗人张籍的七世孙。张籍作为韩愈的大弟子，在唐朝中后期与白居易等人共同倡导了新乐府运动，与平易近人的恩师和志同道合的朋友一起，度过了一段并肩创作的宁静岁月。

韩愈那一首著名的《早春呈水部张十八员外》，就是写给张籍的。

早春呈水部张十八员外

天街小雨润如酥，草色遥看近却无。

最是一年春好处，绝胜烟柳满皇都。

看见令人心旷神怡的春色，迫不及待就要写一首诗来告诉你，韩愈把他与张籍深厚的师生情谊坦坦荡荡地告知了全世界，幸福的水部张十八员外，在一千多年后仍被人羡慕嫉妒。

张籍为人敦厚，治学严谨，经韩愈推荐曾任国子博士、水部员外郎等职，在繁忙公务之外，他的文学创作不曾止步。他的诗反映社会矛盾，同情百姓疾苦，落笔质朴自然，往往在简洁明快的白描中，表现了旅人的叹息，征妇的哀怨，农事的辛劳和离别的伤感。

虽然现世相对安稳，奈何韶华易逝，无论个人还是国家，都不再是风华正茂的时候了，沉稳平和的张籍，偶尔也会感叹时光荏苒，岁月蹉跎。

秋思

洛阳城里见秋风，欲作家书意万重。

复恐匆匆说不尽，行人临发又开封。

就在这说不尽的匆匆节奏中，历史已翻过了数页，到了张孝祥这一代，时代的背景从大唐来到了南宋。

数百年间，沧桑巨变。在张孝祥出生前，张家经历了举家南迁避难的颠沛流离，在汹涌人潮中，被时代裹挟。他们从历阳一路迁徙，移居至明州鄞县。张孝祥的伯父张邵出使金朝，因不肯屈膝而被拘禁，父亲张祁仅任小官，张家在鄞县又无田产，已徒有书香门第之名，而无家境富足之实了。与同样出身世家的陆游、朱熹、张元干不同，张孝祥是在贫苦中成长，如王质在《于湖集序》中所言，“故宋中书舍人奋起荒凉寂寞之乡”。

时局在更迭，生存的境况在变迁，但诗书传家的精神没有变。张孝祥自幼便被视为神童，《宋史》称他“读书一过目不忘”，《宣城张氏信谱传》说他“幼敏悟，书再阅成诵，文章俊逸，顷刻千言，出人意表”。

这样的张孝祥，十六岁便毫无悬念地通过了乡试。此时张家已从鄞县北归，居住在离故乡历阳不远的芜湖。张孝祥自号“于湖居士”，“于湖”实际指代的是芜湖，他对芜湖这个第二故乡的感情之深可见一斑。

1154年，二十二岁的张孝祥迎来了决定他一生命运的时刻。他进入了科举考试的最后一轮——殿试。南宋高宗赵构钦点张孝祥为第一名，那一年同榜中进士的还有范成大、杨万里、虞允文。

可惜这个状元的身份，没有给张孝祥带来一举成名天下知的风光，却为他的人生平添了波澜。

张孝祥因与秦桧孙同榜而胜出，加之一经入仕便积极主战，为岳飞鸣冤，又拒绝了秦桧党羽曹泳的提亲，招致嫉恨惹祸上身。张家父子一度遭到构陷乃至入狱，在那一段风云诡谲的日子里，张孝祥看透了官场险恶与世事无常。

因为坚持主张收复中原，张孝祥于南宋朝廷并不受欢迎，十几年仕途几经坎坷起伏，曾任中书舍人、直学士院、建康留守、静江知府等职，也因支持好友张浚的北伐主张，而被两度免职。

从贫苦中走来的张孝祥深知民生多艰，他为官一方则造福百姓，平定兵乱，治理水患，救济灾荒，政绩斐然，备受赞誉。在故乡芜湖，张孝祥更是捐出自己的三百亩田地为湖以疏通水源，今日镜湖碧波荡漾，倒映着张孝祥曾经的恳切。在朝廷屡受排挤的张孝祥，收获了来自百姓的口碑。

2

无论在朝为官还是在野赋闲，张孝祥心系着时局变化，屡屡建言献策，而作为南宋著名的才子，开南宋词坛豪放派之先河的张孝祥最重要的“策略”，是他的词。一曲《六州歌头·长淮望断》气壮山河，肝照肝胆。

六州歌头·长淮望断

长淮望断，关塞莽然平。征尘暗，霜风劲，悄边声。黯销凝。追想当年事，殆天数，非人力；洙泗上，弦歌地，亦膻腥。隔水毡乡，落日牛羊下，区脱纵横。看名王宵猎，骑火一川明，笳鼓悲鸣，遣人惊。

念腰间箭，匣中剑，空埃蠹，竟何成！时易失，心徒壮，岁将零。渺神京。干羽方怀远，静烽燧，且休兵。冠盖使，纷驰骛，若为情！闻道中原遗老，常南望、翠葆霓旌。使行人到此，忠愤气填膺，有泪如倾。

1164年，张浚领导的南宋北伐军于符离溃败，后召集义士于建康拟上书反对议和，时任建康留守的张孝祥，于宴席中即兴创作了这首《六州歌头·长淮望断》，据言张浚为之不能自已，罢席而去。

“长淮望断，关塞莽然平”，直指江淮地区当时的紧张态势。千里淮河，曾经划分了南北，如今却已成为一道边境线，淮河南岸一片莽莽平野，草木茂盛防备松弛。多少悲凉，多少愤懑，随着作者壮阔的视野无限展开。但他的情感不是凭空爆发，而是依托于详尽的事实：伫立于淮河岸边极目望远，感受到当下的寒风萧瑟，亦追忆当年的中原沦陷，耳畔却是胡笳鼓角的悲鸣，让人时刻心惊胆寒。

那是边境地区的现状，是不容否认、不可忽略的事实，张孝祥由远及近、时空结合的描述，予人如临其境的感受，让其下片“念腰间箭，匣中剑，空埃蠹，竟何成”的感慨有了确凿的依据，年华易逝，壮志难酬，腰间弓箭与匣中宝剑都已覆满了尘埃，却只能眼看着时机一再错失而无能为力，朝廷兀自歌舞升平，使节来去匆匆，不知何日才能如梦方醒，中原父老的隐忍与期盼，着实无颜面对。

一腔忠诚与满腹愤慨，终究化作了有泪如倾。从容不迫的叙述，与豪迈而不失理智的抒情，让这首词成为南宋豪放派词作的代表作，清代陈廷焯于《白雨斋词话》中赞其“淋漓痛快，笔饱墨酣，读之令人起舞”。

淋漓痛快、笔饱墨酣的张孝祥，与张元干并称南渡初期词坛双璧。他的词上承苏轼，下启辛弃疾，其词意境开阔，情感奔放，一如其为人，洒脱明朗。

张孝祥的词，多与时事相关。自幼生活艰辛、入仕后阅尽世态炎凉的他，胸怀着家国天下，是绝不肯超然世外的人。《水调歌头·和庞佑父》作于虞允文在采石矶大胜金兵后，他在词中纵论千古江山英雄人物，那份由衷的欣喜与豪迈流动在字里行间。

水调歌头·和庞佑父

雪洗虏尘静，风约楚云留。何人为写悲壮，吹角古城楼。湖海平生豪气，关塞如今风景，剪烛看吴钩。剩喜燃犀处，骇浪与天浮。

忆当年，周与谢，富春秋。小乔初嫁，香囊未解，勋业故优游。赤壁矶头落照，肥水桥边衰草，渺渺唤人愁。我欲乘风去，击楫誓中流。

这是艰难时世中偶然出现的光彩，那一刻的心潮澎湃，让张孝祥短暂忘却了现实的忧虑，他站在历史的时空中纵横捭阖，典故信手拈来，古今交融浑然一体。“小乔初嫁，香囊为解”是对苏轼的隔空呼应，而“剪烛看吴钩”像是对辛弃疾的大胆启发。宋词豪放派的思路，于敞亮的文字间默契传递。

只是这平生豪气到底付诸东流，这短暂的光亮也如彗星一般转瞬即逝，一介文人终究无力改变时局，如张孝祥在诗中所言，“小儒不得参戎事，剩赋新诗续雅歌”。

宦游年年终有不甘，《念奴娇·过洞庭》写尽身不由己的失落。

念奴娇·过洞庭

洞庭青草，近中秋，更无一点风色。玉鉴琼田三万顷，着我扁舟一叶。素月分辉，明河共影，表里俱澄澈。悠然心会，妙处难与君说。

应念岭海经年，孤光自照，肝胆皆冰雪。短发萧骚襟袖冷，稳泛沧浪空阔。尽挹西江，细斟北斗，万象为宾客。扣舷独啸，不知今夕何夕。

偌大洞庭湖，他却只能着扁舟一叶孤光自照，那些寂寞与苦楚，或许只能与月光倾诉，豪迈仍在，而感伤亦无须掩饰，世情凉薄，好在天性浪漫的人，还能享受与大自然互动的快意。他的心志澄明，他的心态淡定，宠辱不惊，坦然自在。此时的张孝祥，失落里仍有自豪。

另一首《西江月·问讯湖边春色》则直言“世路如今已惯”的倦意了。

西江月·问讯湖边春色

问讯湖边春色，重来又是三年。东风吹我过湖船，杨柳丝丝拂面。

世路如今已惯，此心到处悠然。寒光亭下水如天，飞起沙鸥一片。

三年又三年，年华就在这看不见希望的虚度中流走。宦海沉浮几度风雨，从不吝于表达政治理想的张孝祥，也不计较个人的名利得失，但他始终未能实现心中抱负，只能目睹理想与现实渐行渐远，在一再失望后终于心灰意冷，回乡退隐不再流连于仕途。

肝胆如冰雪般澄澈，而现实却如此苟且荒凉，他如夏花般绚烂又短暂的一生，空负了绝世才华与满腔激情。

这是张孝祥的无奈，也是一代士人的落寞。

出身“荒凉寂寞”的张孝祥，终归于孤光自照。千百年后的人们还记得他“此心到处悠然”的豁达，是对一个词人最好的慰藉。

个人之于时代，终归渺小，尤其是姜夔这样从未入仕、生活困窘的人，更懂得世态炎凉和命运叵测，但他在个人创作中坚守着一份与时代、与处境格格不入的优雅，在诗词、散文、书法与音乐的各个领域中，姜夔都在挥洒他与生俱来的悟性，和一份对于雅的坚守。那是属于他的清空美学，也是他难以突破的格局。

姜夔：

走不出的暗香

1

留下了六卷《白石道人歌曲》的姜夔，最难做到的是通俗。

宋词之美，参差多态。北宋兼容并包，柳永独倚危楼，苏轼笑看人生，欧阳修挥毫万字，秦观最是凄婉，在一个众人拾柴的黄金时代里，词人们各自建立了风格鲜明的美学名片。南宋多悲壮，辛弃疾挑灯看剑，陆游身老沧州，都是在直言不讳地表达壮志难酬的痛。

达则兼济天下，穷则独善其身。没有什么对错。

难的是姜夔。

他继承了北宋一众文化巨人留下的繁盛基业，却难再拥有政通人和的时局。偏安一隅的南宋小朝廷，表面依然歌舞升平纸醉金迷，内里是千疮百孔危机四伏。在一个不安稳的世界里，天赋过人、堪称全才的姜夔，却无力为自己争取一个相对安逸的生存环境。

出身没落官宦家庭，学而优则仕是姜夔唯一稳妥的选择。他擅长书法、精通音乐，诗词散文颇负盛名，却独独难过科举考试这一关，屡试不第，终生未仕，只能流落江湖，依靠卖字和朋友接济为生，过着漂泊不定的日子。

这一生，他浪迹天涯，衣食不周，但在文学创作中却严守格律，保持了一份倔强的高雅。身兼文学家与音乐家，既能谱曲又善填词，却绝不肯让词通俗易懂易于传唱。

二十二岁，姜夔以一首自度曲《扬州慢·淮左名都》确立了独具一格的词境。

扬州慢·淮左名都

（淳熙丙申至日，余过维扬。夜雪初霁，荠麦弥望。入其城则四顾萧条，寒水自碧，暮色渐起，戍角悲吟；余怀怆然，感慨今昔，因自度此曲。千岩老人以为有黍离之悲也。）

淮左名都，竹西佳处，解鞍少驻初程。过春风十里，尽荠麦青青。自胡马、窥江去后，废池乔木，犹厌言兵。渐黄昏，清角吹寒，都在空城。

杜郎俊赏，算而今、重到须惊。纵豆蔻词工，青楼梦好，难赋深情。二十四桥仍在，波心荡、冷月无声。念桥边红药，年年知为谁生。

这是姜夔的扬州，与杜牧的扬州无限交织重叠。他是一个杰出的影像美学大师，也是高明的抒情能手。光影交错，时空转换，如蒙太奇一般信手拈来，写实精到，写意委婉，留下了宽广的想象空间，从“春风十里”到“荠麦青青”，身为“淮左名都”的扬州，究竟经历了多少风刀霜剑，这并不仅仅是一座城的沧桑，更是一个时代的创伤。

从唐诗到宋词，姜夔与杜牧为扬州同题作文，构建了两种极致的美。杜牧虽在颓势已定的晚唐明珠暗投，但他和他的诗，自始至终洒脱明朗。“春风十里扬州路，卷上珠帘总不如”是鲜衣怒马意气风发，到了“十年一觉扬州梦，赢得青楼薄幸名”，依然是人生得意须尽欢的唐诗气象。

杜牧的灵魂向外，姜夔的灵魂向内。相比于奔放，姜夔更擅长收敛；相比于朗朗上口广为传唱，他更愿意在孤寂中实现一个人的美学理想。一句“波心荡、冷月无声”，动静相衬，至“念桥边红药，年年知为谁生”，收得清冽而果决，回响绵绵，千百年不绝。李白的月亮在床前，杜牧拥有二十四桥明月夜，而姜夔的月亮在水中，那一轮亦真亦幻的水中月，是属于姜夔的忧伤，是一种身世上无可奈何的压抑，和精神上固守的清空。

他在豪放与婉约之外，自成清空一派。

步履不停，从扬州到合肥，黍离之悲与日俱增，而词境依然不离“清”与“雅”。姜夔的自度曲《淡黄柳·空城晓角》，让合肥的柳色定格为宋词的经典画面。

淡黄柳·空城晓角

（客居合肥南城赤阑桥之西，巷陌凄凉，与江左异，唯柳色夹道，依依可怜。因度此阕，以纾客怀。）

空城晓角，吹入垂杨陌。马上单衣寒恻恻。看尽鹅黄嫩绿，都是江南旧相识。

正岑寂。明朝又寒食。强携酒、小桥宅。怕梨花落尽成秋色。燕燕飞来，问春何在，唯有池塘自碧。

以“淡黄柳”为词牌名，正面描写柳色，只有“鹅黄嫩绿”四字，却胜过千言万语。柳色如烟，四季流转如故，流离失所、寂寞清寒中的人，却只把春意当秋凉，一句“唯有池塘自碧”戛然而止，寒意瞬间弥漫开来，多少落寞无限萧索，岂是举杯消愁足以化解。

合肥的柳树，此后年年，依旧鹅黄嫩绿，而不流俗，像极了姜词的风骨。

姜夔与合肥的缘分，更因为一段众所周知的初恋而难解难分。在咏物、咏史之外，言情更是姜词的重要主题。

那么，一个以清空为追求的词人，如何表现爱断情伤？姜夔给出了自己的答案，存世八十多首词作中，有二十二首是在反复追忆那段一去不复返的恋情。晏几道的闺情，是琵琶弦上说相思，柳永的离愁，是执手相看泪眼，而姜夔是日有所思，夜有所梦。

鹧鸪天·元夕有所梦

肥水东流无尽期，当初不合种相思。梦中未比丹青见，暗里忽惊山鸟啼。

春未绿，鬓先丝。人间别久不成悲。谁叫岁岁红莲夜，两处沉吟各自知。

踏莎行·燕燕轻盈

（自沔东来，丁未元日至金陵，江上感梦而作。）

燕燕轻盈，莺莺娇软。分明又向华胥见。夜长争得薄情知？春初早被相思染。

别后书辞，别时针线。离魂暗逐郎行远。淮南皓月冷千山，冥冥归去无人管。

那是车、马、邮件都很慢的年代，说再见，也许就再也不见了。“春未绿，鬓先丝”，但梦中人停驻在最美的年华，和自己的青春一起，在记忆中永恒。纵有牵挂，纵有不甘，也只能承受这样的结局。此前词人的情深意切，多是单向的倾诉与表达，但“两处沉吟各自知”，是心心相印的双向思念，也是无力改变现实后的彼此成全。

但为君故，沉吟至今。情到深处，人更孤独。

2

一生处江湖之远，不曾卷入政治风波，姜夔没有机缘评议时事，却也因此而超越了时代局限，专注于表达个人感受，融合了清空的风格与骚雅的审美，在宋词花园里散发一缕隽永的暗香。

他对诗的要求是“气象欲其浑厚”“体面欲其宏大”“血脉欲其贯通”“韵度欲其飘逸”，而他的词，也完全印证了其创作理论。姜夔的词，耐得住细细品味，“长调冠绝南宋，短章亦有不可及者”。

点绛唇·燕雁无心

（丁未冬，过吴松作。）

燕雁无心，太湖西畔随云去。数峰清苦。商略黄昏雨。

第四桥边，拟共天随住。今何许。凭阑怀古。残柳参差舞。

吴松，是姜夔最倾慕的晚唐诗人陆龟蒙隐居之地。闲散数笔，描写眼前景象，远近、古今、虚实，却悄然连成一片，一同契合作者的心境。“数峰清苦”，是知人清苦，而与大自然心意相通之人，才能感知群山在“商略黄昏雨”吧。“今何许”，无须多言，“残柳参差舞”已是最好的回答。

姜夔清高但不寂寞。他被南宋江湖词派奉为典范，也备受杨万里、范成大等当世大家的赞许，他与辛弃疾词风迥异却互为知音，曾填词酬唱。他曾于雪天访范成大于石湖宅邸，并自度《暗香》《疏影》二曲咏梅，借用林逋诗意而自成意境，以梅之幽独感慨身世飘零，字字咏物，句句怀人。

这两首词还催生了一首诗——《过垂虹》。

过垂虹

自作新词韵最娇，小红低唱我吹箫。

曲终过尽松陵路，回首烟波十四桥。

两首自作新词令范成大“把玩不已”，乘兴将歌伎小红赠予姜夔。姜夔于除夕夜携小红乘舟返吴兴，这大约是他人生最得意的时刻之一。云雾缥缈的水墨江南，映衬着琴瑟和谐的人生至境，音乐悠扬起伏，画面从容切换，像一部赏心悦目的微电影，让人忘却尘世烦恼。但你知道，这只是他天涯羁旅中的片刻欢欣，是稍纵即逝的快乐。

南宋格律派词人张炎评价姜词“如野云孤飞，去留无迹”。

野云孤飞的姜夔，并非没有报国之志。但他毕竟不是辛弃疾，可以“气吞万里如虎”，他是一个纯粹的文人，一个清高的才子，只能以才子的方式入世。

唐末战乱频仍，五代十国穷兵黩武，近半个世纪的兵荒马乱中，宫廷雅乐大受挫伤，到了宋朝，宫廷雅乐开始让位于正在崛起的民间音乐艺术，直至南宋定都杭州后，原来的乐典已荡然无存。公元1197年，四十三岁的姜夔将其编写的《大乐议》《琴瑟考古图》呈献朝廷，但并未获得重视。两年之后，姜夔再次向朝廷献上《圣宋铙歌鼓吹十二章》，这一次，他获得了破格参加进士考试的机会，但仍旧落榜，自此断绝仕途之念，归隐江湖，成为真正的“白石道人”。

风雨飘摇的王朝迫切需要的并不是一部集大成的乐典，所以白石道人的价值，只能留待后世去慢慢评说。

作为音乐家的姜夔，留下了一部有“旁谱”的《白石道人歌曲》六卷，包括他自己的自度曲、古曲及词乐曲调，代表曲有《扬州慢》《杏花天影》《疏影》《暗香》。《白石道人歌曲》是历史上注明作者的珍谱，也是带有曲谱的宋代歌集，其中自度曲大都有简短小序交代创作背景，堪称“音乐史上的稀世之珍”。

姜夔通音律、善填词，具备了成为一个流行音乐家的全部条件，但他是绝不肯通俗的。脍炙人口的柳永词有属于它的全盛时代，但姜夔的词只能曲高和寡。

“凭阑怀古，残柳参差舞”，是他的能力，也是他的理想。

前有柳永变雅为俗，后有姜夔反俗为雅，是不断的辩证否定和创作实践，一同推动了宋词艺术形式的发展与成熟。

雅是姜词的执念。王国维虽批评姜夔“不于意境上用力”，却也不得不承认：古今词人格调之高，无如白石。

一生至交相继离去，再加杭州一场火灾，彻底摧毁了一个才子的精神和物质依靠，也埋葬了他的艺术理想。

个人之于时代，终归渺小，尤其是姜夔这样从未入仕、生活困窘的人，更懂得世态炎凉和命运叵测，但他在个人创作中坚守着一份与时代、与处境格格不入的优雅，在诗词、散文、书法与音乐的各个领域中，姜夔都在挥洒他与生俱来的悟性，和一份对于雅的坚守。那是属于他的清空美学，也是他难以突破的格局。

“小红低唱我吹箫”，已是他的人间值得。

写作者是被命运选中的人，担当着为一个时代发声的重任。被选择的人，注定要在生活里和文学中经历两次苦痛，他坦然接过了命运递来的这种安排，承受了非同寻常的苦难，而让它们在身体里、在思想中生长发育，直至破茧而出，成就了属于自己的文学名片。

辛弃疾：

假如生活欺骗了你

1

以诗词书写人生，足以成就一位文学巨匠，而辛弃疾，是用他的全部生命来作词。

他的身体里住着一个壮志难酬的将领，和一个豪放不羁的词人，他们的对决，如两条巨流相互缠绕，在他的内心掀起惊涛骇浪，所有的爱与恨、悲与欢，皆源于此。

一边是豪情与壮志，一边是压抑和苦涩，与矛盾同行的辛弃疾，每一分钟都在作抉择。

他出生时，故乡历城已被金国占领，祖父辛赞当年因为族人众多难以脱身，只得留下委曲求全，但始终怀抱恢复中原之志向，辛弃疾后来在《美芹十论》中曾记述他“每退食，辄引臣辈登高望远，指画山河”。

二十三岁的辛弃疾，带着祖父的遗愿，凭借率两千民众起义反金的壮举，回归了南宋。他曾以为那是一个气吞万里的开篇，却成了他识尽愁滋味的起点。

初入仕途的辛弃疾，俨然自古英雄出少年的化身，更难能可贵的是，少年不只有侠肝义胆，还有出谋划策的智识。他曾向朝廷进奏《美芹十论》，客观分析敌我形势，提出强兵复国的具体规划，又上宰相《九议》，进一步阐发《美芹十论》的战略构想。

他的军事思想，绝非一介书生的纸上谈兵，而是来自真刀实枪的战场。他有率50骑兵突袭敌营擒拿叛徒的胆识，也能沉着地斡旋于农民起义军与士大夫阶层之间，整合与团结抗金力量。

可惜这样满腔热血的少年，却并非南宋朝堂所需要的。辛弃疾的报国之志有多坚决，他在官场的处境就有多尴尬。

原以为的金戈铁马，变成了蹉跎岁月。因为“归正人”的身份，也因为直言不讳锋芒毕露的性格，辛弃疾在南宋的仕途发展并不顺利，他长期徘徊在权力中心之外，不被信任，不受重用，起起落落，前途黯淡。

人生的重心在光阴的流逝中发生了转换。没有机会征战沙场的辛弃疾，将满腹的才华、惊人的胆识与卓绝的能量，都倾注于文字。他笔耕不辍，以变幻莫测的风格，引领宋词进入一个空前壮阔的新境界，当日披荆斩棘的少年英雄，未能如愿成为收复失地的将领，却意外拓展了词的疆域与境界。

词，是他一生最忠诚的伙伴和最真实的见证者。稼轩长短句，存世600余首，数量为两宋词人之首，一字一句皆发乎真情，描摹吟咏关乎人间百态。他在词中寄托满腔热情，慨叹壮志未酬，勾勒生活之美，悲悯世间疾苦，慷慨而不乏细腻，豪放中亦见柔情，在随时代而浮沉的命运中，词是他的生活方式，是一颗赤子之心的归宿。

2

家学的底蕴深厚，从浴血奋战到挥洒笔墨，他切换自如。祖父的教诲刻骨铭心，登高望远是他一生的姿态，只是登高的意义在变化，从一个人的意气风发到一个时代的生存背景，再到无可抵抗的历史潮流，暗合了他内心情感曲线的波动。

执着于北伐的辛弃疾，在南宋官场立足艰难。他的“美芹”，如屈原的“美人”一样，纵然痴心一片却无人理会。理想渐行渐远，现实一片荒凉。难以感化只愿偷安的君王，辛弃疾只能辗转于江西、湖北、湖南等地任职转运使、安抚使，负责治理荒政、整顿治安，且因为一心实干不肯苟且而屡被罢官，曾经的少年英雄，事实上已成为一枚被废弃的棋子。

唯有词句，记录了他一次次登高，又一次次跌落的足迹。

《水龙吟·登建康赏心亭》写于他内心的战斗最激烈的时期，以其纯熟的笔法、开阔的意境和真挚的情感，成为中国文学史上著名的登览词篇。

水龙吟·登建康赏心亭

楚天千里清秋，水随天去秋无际。遥岑远目，献愁供恨，玉簪螺髻。落日楼头，断鸿声里，江南游子。把吴钩看了，栏杆拍遍，无人会、登临意。

休说鲈鱼堪脍，尽西风、季鹰归未？求田问舍，怕应羞见，刘郎才气。可惜流年，忧愁风雨，树犹如此！倩何人唤取，红巾翠袖，揾英雄泪！

彼时的辛弃疾，南归已数年，作为南宋臣子的履历里却空有兜兜转转，登高望远，大约是他仕途奔波里难得的休憩。

落日楼头，断鸿声里，从视觉到听觉，感知秋意愈渐深远，如现代词学开拓人夏承焘所言，“以淡景写浓愁”，是辛弃疾善用的艺术手法。

寂寞的游子难觅知音，将栏杆拍遍了，也无人会意。那么便自己来回应吧，于是由自然转入典故，将极目远眺的含义挑明，那是在感慨岁月匆匆，年华易逝，心中的抱负依然没有实现的可能，只能逃避在红巾翠袖的麻醉中，是痛苦，是愤懑，亦是自嘲。

这是一个寂寞中犹有期望的辛弃疾，他的豪放与无奈，作为两种极致对比的底色，在词中无限撞击。

流年似水，韶华竟白头。在日复一日的煎熬中，他的期望慢慢变成了失望。步履不停，聚散匆匆，那些年，离别是辛弃疾生活中的主题。

少壮能几时，鬓发各已苍。唯有小山亭间的诗酒送别聊以慰藉一路风尘。他是胸怀天下格局阔朗之人，并不拘泥于儿女情长，却尊重词的婉约传统，善于利用词千回百转的言情优势，来丰富笔下的意境。写在十年后的《摸鱼儿·更能消几番风雨》，心境已大不相同。

摸鱼儿·更能消几番风雨

（淳熙己亥，自湖北漕移湖南，同官王正之置酒小山亭，为赋。）

更能消、几番风雨，匆匆春又归去。惜春长怕花开早，何况落红无数。春且住，见说道、天涯芳草无归路。怨春不语。算只有殷勤，画檐蛛网，尽日惹飞絮。

长门事，准拟佳期又误。蛾眉曾有人妒。千金纵买相如赋，脉脉此情谁诉？君莫舞，君不见、玉环飞燕皆尘土！闲愁苦！休去倚危栏，斜阳正在，烟柳断肠处。

明媚春光无限，他却咂摸出别样的意味。因为频繁调动，辗转迁徙，这春天也像转瞬即逝的美好一般令人格外惋惜，此时已落红无数，还能经得起几回风雨呢？对春天的这份留恋与怅惘，映照着他郁郁不得志的个人处境，那雕梁画栋间的蛛网，为留住春天而沾染飞絮，便是一份无可奈何的自喻了。

依然是由景及人，从眼前春光陡然转向历史人物，其实有着成熟的谋篇布局，并不突然，古今多少事，渔唱起三更，今日自己被闲愁折磨，而放之岁月长河中又算得了什么呢？

二十年后，六十六岁的辛弃疾再次出仕，此时的他已然尘满面，鬓如霜，登临镇江北固亭，看见的是滚滚长江嵯峨石壁，涌上心头的是半生风雨一路坎坷，他依然是豪放的，心潮澎湃中，多少典故信手拈来，纵横捭阖中梳理了“天下第一江山”见证的历史风云和自己内心的沧桑曲线，只是这字里行间分明都是暮年将至的沉郁气息。

永遇乐·京口北固亭怀古

千古江山，英雄无觅孙仲谋处。舞榭歌台，风流总被，雨打风吹去。斜阳草树，寻常巷陌，人道寄奴曾住。想当年，金戈铁马，气吞万里如虎。

元嘉草草，封狼居胥，赢得仓皇北顾。四十三年，望中犹记，烽火扬州路。可堪回首，佛狸祠下，一片神鸦社鼓。凭谁问、廉颇老矣，尚能饭否？

辛弃疾临终依然大呼“杀贼”的传说，虽然真假莫辨，却无疑印证了世人对其人格与风骨的仰慕。

转眼又将千年，北固山亭台楼阁如故，枇杷亭亭如盖，游人如织，江山如梦，多少风流已被雨打风吹去，唯有辛弃疾的豪放与无奈，兀自萦绕在无尽岁月中。

3

却将万字平戎策，换得东家种树书。

在南宋偏安的大背景下，辛弃疾并没有机会实现自己的抱负。虽然醉里挑灯看剑，梦回吹角连营，但现实中，中年之后的大把时光，他闲居于上饶乡间，于带湖倾力筑造乡间宅院，命名为“稼轩”，从此自号“稼轩居士”。带湖失火后，他携家人移居瓢泉庄园，更决意“便此地、结吾庐，待学渊明，更手种、门前五柳”。

村居岁月有难得的恬静自在，他却深知这份安宁不能长久。

那些草长莺飞、鸡犬相闻的乡村风貌和淳朴自然的风土人情，都成为他笔下朴素清新的词句，往往三言两语，便绘制出一幅令人向往的田园画卷。

西江月·夜行黄沙道中

明月别枝惊鹊，清风半夜鸣蝉。稻花香里说丰年，听取蛙声一片。

七八个星天外，两三点雨山前。旧时茅店社林边，路转溪桥忽见。

这一首《西江月·夜行黄沙道中》动静皆宜，暗藏玄机，仿佛轻描淡写中，便完成了一场说走就走的乡村奇妙游，这种行文的方式常被人视为天赋使然，但或许也是人到中年时的情之所至吧。一切终究要回到生活本身，谁心中没有一个男耕女织、安居乐业的梦想呢?

还有那一首大巧若拙的《清平乐·村居》。

清平乐·村居

茅檐低小，溪上青青草。醉里吴音相媚好，白发谁家翁媪?

大儿锄豆溪东，中儿正织鸡笼。最喜小儿无赖，溪头卧剥莲蓬。

白头偕老，儿女成行，胸怀家国天下的人，所要谋求的不过是这一份怡然自得的美好，而这乡野间最平凡质朴的生活，于此刻的词人，却似遥不可及的梦境。

他无疑是认真对待每一种生活的，并发乎真心地赞美朴素生活中的诗意，却又从不掩饰对于这种美好或将稍纵即逝的忧虑。对于现世安稳，他没有把握，这来自他对家国命运的判断，于是他的词，在豪放与婉约不时转换的底色上，又添加了一层忧伤。

辛弃疾的村居，绝非赋闲。他感受到放眼青山绿水的喜悦，积极而热烈地投入了文学实践中，也与志同道合的朋友畅快交往。

宋孝宗淳熙十五年冬天，陈亮到访上饶，辛、陈二人志同道合，惺惺相惜，二人都是力主抗金复国的志士，也同为慷慨悲歌的词人，一见如故，成为至交。他们在鹅湖议论抗金大事，别后又用同一词牌反复唱和，被称为继朱熹、陆九渊之后的第二次“鹅湖之会”。留下的佳作，便有辛弃疾的那一首《破阵子·为陈同甫赋壮词以寄之》。

破阵子·为陈同甫赋壮词以寄之

醉里挑灯看剑，梦回吹角连营。八百里分麾下炙，五十弦翻塞外声。沙场秋点兵。

马作的卢飞快，弓如霹雳弦惊。了却君王天下事，赢得生前身后名。可怜白发生！

戎马倥偬的岁月历历在目。也曾意气风发，满腔热血，难忘军旅生涯，耳畔时时回响着雄壮的军乐声。战马奔腾，弓箭离弦，一切披肝沥胆勇往直前的努力，是为了完成国家大业，也为了自己青史留名。却可惜，流光飞逝，转瞬白头，所有付出的青春热血，亲历的刀光剑影，都已恍然若梦了，如今我们都已老去，纵有不甘也只是惘然。

归园田居到底带来了片刻安逸，上饶时期的辛弃疾精神难得放松，他甚至不吝于在词中分享机智与幽默。《丑奴儿近·博山道中效李易安体》是对李清照形神兼备的“模仿”，其中意趣，妙不可言。

丑奴儿近·博山道中效李易安体

千峰云起，骤雨一霎儿价。更远树斜阳，风景怎生图画？青旗卖酒，山那畔别有人家。只消山水光中，无事过这一夏。

午醉醒时，松窗竹户，万千潇洒。野鸟飞来，又是一般闲暇。却怪白鸥，觑着人欲下未下。旧盟都在，新来莫是，别有说话？

另一首《丑奴儿·书博山道中壁》则是阅尽世事后的切实感悟，用词返璞归真，不拘一格，从“为赋新词强说愁”到“却道天凉好个秋”，文字浅白质朴，笔法浑然天成，人生的沧桑与豁达尽在其间。

丑奴儿·书博山道中壁

少年不识愁滋味，爱上层楼。爱上层楼，为赋新词强说愁。

而今识尽愁滋味，欲说还休。欲说还休，却道天凉好个秋。

一首《水调歌头·我志在寥阔》则以华丽浪漫的笔触道出了最残酷的真相——梦想与现实之间，横亘着世界上最遥远的距离。

水调歌头·我志在寥阔

（赵昌父七月望日用东坡韵叙太白、东坡事见寄，过相褒借，且有秋水之约。八月十四日，余卧病博山寺中，因用韵为谢，兼寄吴子似。）

我志在寥阔，畴昔梦登天。摩挲素月，人世俯仰已千年。有客骖鸾并凤，云遇青山赤壁，相约上高寒。酌酒援北斗，我亦虱其间。

少歌曰："神甚放，形如眠。鸿鹄一再高举，天地睹方圆。"欲重歌兮梦觉，推枕惘然独念，人事义亏全。有美人可语，秋水隔婵娟。

题记"用东坡韵叙太白、东坡事"，表明这首词是向自己的两位精神偶像李白与苏轼致敬。但文学气质一脉相承的他们，终究是不同的。李白的豪放是人生得意须尽欢的无忧无虑，苏轼的豪放是谈笑间樯橹灰飞烟灭的从容豁达，只有辛弃疾的豪放，是历尽沧桑后依然不折不挠的纯真。

西北望长安，可怜无数山。

本该属于盛唐的豪放不羁，被阴差阳错投放到了南宋，在矛盾的境遇中不纠结，不拧巴，成就了独一无二的辛弃疾。

用生命来践行词的辛弃疾，赋予了宋词强韧的生命力。他将诗的壮阔意境运用于词的创作中，又能恪守词的婉约清丽本分。

他既拥有超越现实的情怀，又肯俯身直面现实的沟渠。他为一个不曾拥有壮丽河山的王朝留下了气势磅礴的词篇，为词的艺术形式实践了最多的可能性。他以他的辽阔胸怀，让宋词进入题材与风格空前包容、艺术境界与美学价值突破窠臼的新时代。

《四库全书总目提要》评价，“其词慷慨纵横，有不可一世之概，于倚声家为变调，而异军突起，能于剪红刻翠之外，屹然别立一宗”。

一向以苛刻著称的王国维，对辛弃疾竟也不吝溢美之词：“幼安之佳处，在有性情，有境界。即以气象论，亦有‘横素波、干青云’之概，宁后世龌龊小生所可拟耶？”

那一首《青玉案·元夕》，以阑珊灯火照见了辛弃疾于浊世中兀自清醒的独立人格。

青玉案·元夕

东风夜放花千树。更吹落，星如雨。宝马雕车香满路。凤箫声动，玉壶光转，一夜鱼龙舞。

蛾儿雪柳黄金缕。笑语盈盈暗香去。众里寻他千百度。蓦然回首，那人却在，灯火阑珊处。

王国维更在《人间词话》中引用以阐述其著名的“境界说”，古今之成大事业者、大学问者，必皆经历三重境界，而此词之境界为第三即最终最高境。这一番论述虽已与词之原意无关，但辛弃疾本人无疑抵达了这最高一重境界，因为他让创作与人生合而为一。

写作者是被命运选中的人，担当着为一个时代发声的重任。被选择的人，注定要在生活里和文学中经历两次苦痛，他坦然接过了命运递来的这种安排，承受了非同寻常的苦难，而让它们在身体里、在思想中生长发育，直至破茧而出，成就了属于自己的文学名片。

君不见，玉环飞燕皆尘土，而用生命作词的辛弃疾，独立于文学与历史的交汇处，告诉每一个蓦然回首的人：假如生活欺骗了你，你依然可以永远纯真，永远热爱，永远志在寥阔。

他力求婉约而反对狂放，却总是恣意放飞自己超常的想象力，于是他的词，常常让人分不清是梦境还是真实，是咏物抑或是怀人。

吴文英：
只有夜晚的梦才是真实的

1

宋朝最具争议的词人，非吴文英莫属。

以25首入选《宋词三百首》高居榜首的吴文英，身世却是一个谜。

他生活在一个沉默的年代。摇摇欲坠的南宋王朝，即将走到终点，但当这似乎是注定的结局终于到来时，那些曾经的不甘与无奈便一同转化为难以言喻的悲凉。

那是吴文英生命的底色。他无从选择。

时代的背景日益黯淡。“当年万里觅封侯，匹马戍梁州”是壮志未酬的愤慨，“马作的卢飞快，弓如霹雳弦惊”是一腔孤勇的豪迈，“二十四桥仍在，波心荡、冷月无声”是无可奈何的压抑。陆游、辛弃疾、姜夔，一个王朝的背影在诗词里渐行渐远，到了吴文英，一切希望都已幻灭，只剩下苍凉的余生和麻木的苟活，哀莫大于心死。

他的生卒年月难以考证。他出身并不显赫，未曾科考及第，也不曾入仕，于是“正史无传，方志罕及”。吴文英本人除了三百四十余阕词作之外，别无履历资料留存，所以他的生平年谱一直是困惑词学研究者们的难题。

近现代词学家夏承焘在《吴梦窗系年》中推定吴文英生于宁宗庆元六年（1200年），卒于理宗景定元年（1260年），陆侃如、冯沅君在《中国诗史》中则定吴文英生于宁宗开禧元年（1205年），卒于度宗咸淳六年（1270年）。众说纷纭，而依稀能够勾画出他人生轨迹的大体轮廓，所有说法也一致指向一个毋庸置疑的事实——他是南宋末年人。

他自号梦窗。人生如梦，他用词为自己打开了另一扇窗。

未名未禄，生活不易。那些年的吴文英，始终未登大雅之堂，生活在绝望的年代，个人前途也极其渺茫，他一生挣扎于社会底层，寄人篱下，漂泊无依，阅尽世态炎凉，备尝酸甜苦辣，留下三百多首词作，任后人从中搜寻与揣测，去完成他的人生拼图。可以确定的是，他一世浮沉，并未能跃出社会的底层。所以他的词里，豪情壮志罕见，并不必苛责。

吴文英作词，师承周邦彦。作为宋词艺术技巧的大师，周邦彦善用赋笔刻画，能够在词中从容调度过去、现在与未来，情景交融，虚实结合，旁征博引，信手拈来，形象丰满而语言华丽，在炉火纯青的运筹帷幄下，组成有机结合的统一整体。他的精雕细琢，已臻化境。

一样的严守格律擅长锤炼，一样的思力无穷而铺叙完整，吴文英在此基础上，开创了属于自己的风格，他下笔更新、更奇也更险，亦真亦幻，时空穿越，不拘于常规思维，常在一念之间，便完成了大胆的跳跃转换。

他力求婉约而反对狂放，却总是恣意放飞自己超常的想象力，于是他的词，常常让人分不清是梦境还是真实，是咏物抑或是怀人。

宴清都·连理海棠

绣幄鸳鸯柱。红情密，腻云低护秦树。芳根兼倚，花梢钿合，锦屏人妒。东风睡足交枝，正梦枕、瑶钗燕股。障滟蜡、满照欢丛，嫠蟾冷落羞度。

人闲万感幽单，华清惯浴，春盎风露。连鬟并暖，同心共结，向承恩处。凭谁为歌长恨？暗殿锁、秋灯夜语。叙旧期、不负春盟，红朝翠暮。

《宴清都》词牌名首见于周邦彦《清真集》。周词《宴清都·地僻无钟鼓》接连用典以抒发满腹愁怨，是风雪夜孤独难眠时的一诉衷肠，而吴文英的词，上阙华丽浓稠极尽状物之能事，下阙感怀人世悲欢，仿佛彼此独立，又分明字字关联，句句缠绕，从不同的角度紧扣“连理”主题。花事与人情对照，咏物与咏人事不分，花开岁岁如约，而人间长恨离合，作者将真实的情感隐藏在这一场文字游戏中。

吴文英一生的情感历程，也只有影影绰绰的传闻。传说他曾有两段刻骨铭心的感情，可惜都未能执手偕老，但并没有可靠的依据。然而词作却是确实的存在。那些云蒸雾绕的词句中，分明流动着一个男子的痴情。

他的词，以梦为主题。“梦”作为关键词，在其存世340多首词中出现了175次。吴文英的梦，情意缠绵，想象绮丽，对普通读者，却并不友好。这让生前未能登堂入室的他，身后成了备受学界争议的人物。

2

谈宋词，“梦窗”是一个绕不过去的符号。

古今词学家，对他的态度俨然两派，爱他的人称赞他的突破与想象，批评他的人则恨他的雕琢与晦涩。

清代词人周济将“梦窗词”列为“宋四家”之一，并在《宋四家词选目录序论》点评，“梦窗奇思壮采，腾天潜渊，反南宋之清泚，为北宋之秾挚”。又称“梦窗立意高，取径远，皆非馀子所及”。

南宋词人张炎《词源》里的一段评论，则成为批评之声的经典，“吴梦窗词，如七宝楼台，炫人眼目，碎拆下来，不成片段。”

此语目的在于提倡姜词的“清空”，而否定吴词的“质实”，但比喻的本身却反而十分客观地说明了吴词的主要特色和独到工夫。

梦窗词，恰如一座七宝楼台，引人入胜。

《齐天乐·与冯深居登禹陵》集中呈现了他的“奇思壮采，腾天潜渊”。

齐天乐·与冯深居登禹陵

三千年事残鸦外，无言倦凭秋树。逝水移川，高陵变谷，那识当时神禹。幽云怪雨，翠萍湿空梁，夜深飞去。雁起青天，数行书似旧藏处。

寂寥西窗久坐，故人悭会遇，同翦灯语。积藓残碑，零圭断壁，重拂人间尘土。霜红罢舞，漫山色青青，雾朝烟暮。岸锁春船，画旗喧赛鼓。

词作既是登禹陵有感而发，起笔便点题，“三千年事残鸦外”，感慨自夏禹的伟业之后又翻过了三千年风雨沧桑，树欲静而风不止，历史兴衰，尘世疾苦，令人身心疲倦。最擅长炼字的梦窗，摒弃雕琢，返璞归真，此时他是红尘中人的代言人。“逝水移川，高陵变谷，那识当时神禹”是对古今多少事的进一步铺陈，而“幽云怪雨，翠蓱湿空梁，夜深飞去”则跳跃到充满奇异色彩的神话传说，“雁起青天，数行书似旧藏处”又从传说跳跃回到现实。

下阕引入了“故人”，抒写现实景况，而跳跃与转换则更为频繁，记忆如古物一样尘封已久，是西窗共话，让它们从岁月深处走来，只是毕竟年华不再，再多的感慨也只是徒添烦恼。但作者的胸襟不止于此。从“霜红罢舞”到“岸锁春船”，季节从秋跳跃到了春，他不只拘泥于眼前之景，他胸中有四时之景的流动，但对于未来，已不敢期待。漫想来年春日“画旗喧赛鼓”的祭祀夏禹盛会，只是徒添感伤。四季有轮回，命运给予他的，却是永恒的凄凉。

梦窗词无疑是随感性而发，但也并非脱离理性，这首词通篇无一字无出处，时空跳跃，场景转换，像是呢喃梦呓，其实始终萦绕着一条主线——仰慕先贤，感时伤怀。这座七宝楼台，格局辽远，典雅精致，炫人眼目，但并不空洞浮华，是可以拆解的积木，也是有规律可循的拼图。

《八声甘州·灵岩陪庾幕诸公游》同样是怀古伤今，构思奇幻而意境壮阔。空烟渺远恍如幻境，由其牵引展开历史联想，思接千载视通万里，那些幻想中的故事仿佛就在身边发生，而真真切切的所见所闻，倒像是幻觉一般不可思议，但终究要回归苍凉的现实，从阑干高处更上层楼，但见天空辽阔秋色无边，境界高远而首尾呼应。

词作打破思维定式，虚实之间自如切换，最终超越了幻觉，也超越了现实，其间不乏变客观印象为主观感受的浓烈表达，例如“酸风射眼”“腻水染花腥”等，梦窗词，执著于感性呈现，而其成败，则取决于理性的驾驭。

八声甘州·灵岩陪庾幕诸公游

渺空烟四远、是何年，青天坠长星？幻苍厓云树，名娃金屋，残霸宫城。箭径酸风射眼，腻水染花腥。时靸双鸳响，廊叶秋声。

宫里吴王沉醉，倩五湖倦客，独钓醒醒。问苍波无语，华发奈山青。水涵空、阑干高处，送乱鸦斜日落渔汀。连呼酒、上琴台去，秋与云平。

《唐多令·惜别》用词可见俗曲影响的痕迹，显示出南宋后期词向曲转化的端倪，这是一个承前启后的过渡。

唐多令·惜别

何处合成愁？离人心上秋。纵芭蕉、不雨也飕飕。都道晚凉天气好，有明月、怕登楼。

年事梦中休，花空烟水流。燕辞归、客尚淹留。垂柳不萦裙带住，漫长是、系行舟。

关于他的争议，未曾停息。

沈义父《乐府指迷》谓吴氏传授作词之法云：“盖音律欲其协，不协则成长短之诗；下字欲其雅，不雅则近乎缠令之体；用字不可太露，露则直突而无深长之味；发意不可太高，高则狂怪而失柔婉之意。”

吴文英的词作，无不践行着这些法则。他能自度曲调（今存有《古香慢》《玉京谣》等十阙），也时常采用周调和姜调；锤炼词句执着于清雅含蓄，抒发情感务求迂回婉转；恪守词的婉约本分，而杜绝豪迈之风。他终其一生是在向两位精神偶像周邦彦、姜夔致敬，而将他们发乎自然的词风发展为用力过猛的效仿，吴文英被评论界所诟病的，恰是那一份执迷不悟的曲折隐晦。

清末民国学者王国维在《人间词话》中直指，“梦窗砌字，玉田垒句，一雕琢，一敷衍”，又言：“梦窗之词，吾得取其词中一语以评之，曰：‘映梦窗，凌乱碧’。”是过于苛刻了。

词学宗师夏承焘先生在《吴梦窗词笺释序》中坦言，“宋词以梦窗为最难治。其才秀人微，行事不彰，一也。隐辞幽思，陈喻多歧，二也”。《梦窗词》340首，在两宋词家中的数量，仅次于辛弃疾、苏轼、刘辰翁。但因生于乱世，身份低微，其词作只得以辗转流传。自编词集以自度曲《霜花腴》为名，今已不存。

叶嘉莹先生的评价更为公允：“由现代眼光来看，他的词竟与一些现代文艺作品中所谓现代化的作风颇有暗合之处。他在叙述中喜欢用时空颠倒的手法，在修辞上往往只凭感性所得，不依循理性习惯。”

八百年前梦窗词里的“意识流”，因为超前而被误解、被争论。

吴梦窗的人生和他的梦，都已落下帷幕，对他的争议，还将绵绵不绝。

他的人生，未能挣脱时代的束缚，而他的文学理念与实践，已然超越了所处的时代。

南朝四百八十寺，多少楼台烟雨中。吴梦窗以文字建造的那一座令人目眩的七宝楼台，却依然有待时间去评判。

王沂孙在落寞、隐忍与不甘中度过了苍凉一生，他自遣一襟幽怨，也为一个王朝留下了最后的奏鸣，那些爱与痛、悲与恨交织的音律，终究汇入了历史的宏大乐章中，成为一朵不可或缺的浪花。

王沂孙：

最后的探戈

1

王沂孙大约生活在13世纪中后叶，前半生宋人，后半生元人，个中况味，难以言说。

他身上刻满了时代的烙印。生于历史过渡时期，在仓皇转折的大背景下，一个书生的生卒年月也不曾有确切的记载。

词学宗师夏承焘先生在《周草窗年谱》中作了一个大致的判断，“沂孙殆少于草窗，长于仇远，若生于淳祐、宝祐间，卒年才四十左右耳。”意思是说，王沂孙生年在周密之后和仇远之前。

没有人能选择自己出生的时代，在故国不堪回首月明中的底色下，王沂孙的人生从一开始就失去了意气风发的可能。伤离别，多少恨，是他生命的主题，也是一代人的集体情结。

一个王朝落幕，另一个王朝盛大揭幕，所以王沂孙的满腔幽怨，也并不合时宜。这个身影模糊的书生对故国明月与当日繁华的怀念，也只能在词里隐隐约约去表达。自号碧山的他，和周密、张炎等人往来密切，曾结社填词，以委婉曲折的笔法抒写身世之痛与故国之思，那是一代遗民对南宋王朝最后的怀念。

在宋末元初的特定历史背景下，文人创作中出现了大量“咏物”词，王沂孙尤以擅长“咏物”著称，其词作多从“物”起笔，而后由“物”及“人”，由“人”再深入感时伤怀的层面。含蓄之风，寄托之法，都是碧山词的鲜明特质，只是有时因为过分隐约，而使读者误解了“寄托”之意。

王沂孙留下的词作并不多，词集有《碧山乐府》，又名《花外集》。《全宋词》辑其全篇62首，残篇6首。但因为由始至终在探索和强化“咏物”词的风格，他对后世词人的影响很深，清中叶以后的常州词派，对其推崇备至。晚清词学家陈廷焯在《白雨斋词话》中点评：“碧山词观其全体，固自高绝，即于一字一句间求之，亦无不工雅。”又云：“词法之密，无过清真。词格之高，无过白石。词味之厚，无过碧山。词坛三绝也！”

碧山词味之厚，在其“咏物”词代表作《天香·龙涎香》中可窥一斑。

天香·龙涎香

孤峤蟠烟，层涛蜕月，骊宫夜采铅水。汛远槎风，梦深薇露，化作断魂心字。红磁候火，还乍识、冰环玉指。一缕萦帘翠影，依稀海天云气。

几回殢娇半醉，剪春灯、夜寒花碎。更好故溪飞雪，小窗深闭。荀令如今顿老，总忘却、樽前旧风味。漫惜余薰，空篝素被。

这首词源自一个真实而凄惨的故事。据宋人和明人笔记记载，元兵占领临安的第三年，元僧江南大总管杨琏真迦盗掘会稽南宋皇陵，倒挂理宗赵昀尸体以沥取水银，三天三夜，以至头骨失落，南宋遗民深以为耻，却敢怒而不敢言。天下兴亡，匹夫有责，但一介匹夫此时所能做的，只是偷偷埋葬了曝露于荒野的帝后遗骨，在坟冢上种下冬青树以纪念逝去的故国。

王沂孙的家乡在会稽，这些骇人听闻的惨状就发生在他的身边，心头亡国之悲又蒙上了一层羞辱，而文人手中的武器依然只有一支笔。王沂孙与唐珏、周密、张炎、仇远等14人结社填词，用五个不同的词调分别吟咏龙涎香、白莲、莼、蝉和蟹，暗喻其事，借咏物以寄托彻骨的悲怨。

“孤峤蟠烟，层涛蜕月”，是遥远的虚幻，将读者引入一片云蒸雾绕的境界。“骊宫夜采铅水”，则回归惨淡的现实，暗指沥取水银之事，含蓄地揭露了南宋遗民隐忍不言的伤。但作者并未过度渲染这份伤痛，而是冷静克制，细致地描述了制香、焚香直至香烟缭绕的情境。

上片以华丽浪漫的描写集中呈现龙涎之香，下片则循香忆人，在缠绵缱绻的意境中感慨今昔之别。托物而寄情，欲言而又止，一缕幽香萦绕其间，从起始、缭绕到蒸腾，直至小窗深闭、空留余香，作者文思缜密，落笔从容自信，层次分明，铺叙绵密，不着痕迹地隐喻了故国遗恨，而抒发了个人命运之感伤。

另一首《眉妩·新月》则将他善于融合主观与客观的特点淋漓尽致显现。他咏物，但并不直接状物，而是以主观思绪引领词句，根据个人情思的需求来寻找可以依凭的“物”，让用典、状物与抒情巧妙结合，相互借力，如清代词人周济在《宋四家词选目录序论》所言，“咏物最争托意，隶事处以意贯串，浑化无痕，碧山胜场也”。

眉妩·新月

渐新痕悬柳，淡彩穿花，依约破初暝。便有团圆意，深深拜，相逢谁在香径？画眉未稳，料素娥、犹带离恨。最堪爱，一曲银钩小，宝帘挂秋冷。

千古盈亏休问，叹慢磨玉斧，难补金镜。太液池犹在，凄凉处、何人重赋清景？故山夜永，试待他、窥户端正。看云外山河，还老尽、桂花影。

整首词依循了他驾轻就熟的章法，由描写园中新月来引人入胜，营造一片清寒的意境，转而由自然切入人事，运用象征与拟人手法，以无法补圆的新月和难以修复的金镜，寄托昨日难以重现的悲戚，“云外山河”犹在，岂知人世间又经历了多少风雨沧桑，作为凡夫俗子的无能为力深深流露，虽隐约，亦坦率。

2

蝉是清高，萤是萧瑟，月是当年，梅是青春，咏物本身便带有无可奈何的意味，王沂孙将这份无可奈何渲染到了极致。

文天祥以慷慨就义，成就了一个民族的气节，但王沂孙只是普普通通一介文人，如飘零于波涛汹涌大时代中的一叶扁舟。他于元世祖至元中任庆元路学正，此时心中已没有多少学以致用的快意，而更多的是身不由己的不甘。咏物，便成了纾解这份不甘的心灵通道。

在他存世64首词作中，咏物词就有34首，在宋末词人中，王沂孙的咏物词最多，也最精巧。这些词作思绵密，笔稳健，情深意远，代表了碧山词的最高成就，《白雨斋词话》等后世词评中对碧山词的推崇也多由咏物词而发。

《齐天乐·蝉》，以“蝉”自喻，诉说着个人在历史巨变中的复杂心绪。

齐天乐·蝉

一襟余恨宫魂断，年年翠阴庭树。乍咽凉柯，还移暗叶，重把离愁深诉。西窗过雨，怪瑶佩流空，玉筝调柱。镜暗妆残，为谁娇鬓尚如许？

铜仙铅泪似洗，叹移盘去远，难贮零露。病翼惊秋，枯形阅世，消得斜阳几度？馀音更苦，甚独抱清商，顿成凄楚。漫想熏风，柳丝千万缕。

开篇一如既往清晰果断，以“一襟余恨”总领了全篇主旨，下片则以蝉的“枯形阅世”“独抱清高”来寓意自身处境艰难，再由“谩想熏风”自嘲心中所念不过是一片空虚的幻想，空想“柳丝千万缕”的盛景重现。词中借古代齐后冤魂化蝉之事，暗指南宋孟后陵墓被掘，满腔幽恨难以化解。身处改朝易代中的人，就像那无所依凭的“蝉”，难以抵御风刀霜剑的侵袭，惟余不切实际的幻梦慰藉余生。

《齐天乐·萤》则借萤托意，以“萤”之情态映衬“我”之命运，于幽深意境中完成了理智与情感的融合，从物、我、家国直至历史兴衰层层深入，由个人际遇觉悟历史必然的轨迹，留下一份世人皆醉我独醒的珍贵。

齐天乐·萤

碧痕初化池塘草，荧荧野光相趁。扇薄星流，盘明露滴，零落秋原飞磷。练裳暗近。记穿柳生凉，度荷分暝。误我残编，翠囊空叹梦无准。

楼阴时过数点，倚阑人未睡，曾赋幽恨。汉苑飘苔，秦陵坠叶，千古凄凉不尽。何人为省？但隔水余晖，傍林残影。已觉萧疏，更堪秋夜永！

句句写萤，而通篇不见“萤”字，而是大量化用典故，“碧痕初化池塘草”是初生的萤，“扇薄星流，盘明露滴”是闪烁如流星的萤，这些诗词传说中的萤随着作者的思绪跃入现实，成了他倾诉时运不济空误年华的载体。萤火虫点点飞过楼阴，倚阑人娴熟地反客为主，以汉苑秦陵的荒废影射宋故宫的凄凉，亦展开了上下千年的大历史视角，虽认识到个人之于时代的渺小无助，但身为亡国遗民的艰难与悲怨，此刻如此摧心裂肺。

政权更迭，时移世易，一个词人的无可奈何，似乎只有身世与处境与他同样微弱的萤火虫愿意倾听、能够懂得，这到底是欣慰还是悲哀？

碧山词成于咏物，亦失于咏物。如叶嘉莹先生所言，“王沂孙在用字、用典、句构、章法和托意上都是极有层次和法度的，因此很多学词的人都喜欢从碧山词入手。但应该指出的是，正由于碧山词用心太过，有时就难免有伤自然真率之美。因为咏物词用典故来铺写所咏之物已是一层隔膜；又要透过所咏之物来寓写所托之意，则又是一层隔膜”。

用力过猛，含蓄有余，已不仅仅是咏物词本身的问题。周济在其《介存斋论词杂著》中说：“北宋词，下者在南宋下，以其不能空且不知寄托也；高者在南宋上，以其能实且能无寄托也。”寄托作为一种高风险艺术手法，需要把握微妙的尺度，往往过犹不及，却盛行于南宋词坛，其中深意耐人寻味。

归根结底，这是时代造就的隔阂。

咏物词在南宋末年大量涌现，反映的是一代词人生存境遇的变迁。在无力改变外在世界的现状下，文学创作只能向内拓展，去省思心灵世界，去抒写命运无常。此时出现的咏物词，大多工于格律，善于寄托，几乎所有南宋后期词人都成为咏物词的高手，成了一个时代独有的现象，也为一个时代留下了一部风格鲜明的心灵史诗。

时不我待，而王沂孙的锦绣年华，终究付与了断壁残垣。他的词里，绿梅如云，寄梅却无处。

法曲献仙音·聚景亭梅次草窗韵

层绿峨峨，纤琼皎皎，倒压波痕清浅。过眼年华，动人幽意，相逢几番春换？记唤酒寻芳处，盈盈褪妆晚。

已销黯，况凄凉、近来离思，应忘却、明月夜深归辇。荏苒一枝春，恨东风、人似天远。纵有残花，洒征衣、铅泪都满。但殷勤折取，自遣一襟幽怨。

“集咏物词之大成，而能提高斯体之地位者，厥惟王沂孙氏。”现代词学家龙榆生先生的评价，点明了王沂孙与咏物词密不可分的羁绊，于其人其词公允恰当而不失敬意。

王沂孙在落寞、隐忍与不甘中度过了苍凉一生，他自遣一襟幽怨，也为一个王朝留下了最后的奏鸣，那些爱与痛、悲与恨交织的音律，终究汇入了历史的宏大乐章中，成为一朵不可或缺的浪花。

第2辑

文豪

刚刚从兵荒马乱中复苏的人们，需要温柔富贵的治愈，故而北宋初年的词坛，婉约柔媚蔚然成风，而范仲淹跳出了满目闺情春怨，拓展了词的内容与风格，他擅长描写秋天，存世五首词作里，有三首描写秋天。

范仲淹：

理想主义的碧云天

1

北宋盛产文豪，却少有“专职作家”。那毕竟是一个政通人和百废俱兴的时代，人人都很忙碌，忙着在文明理性的氛围中施展抱负、改革创新，梦想还是要有的，万一实现了呢。

范仲淹拥有着几乎是为那样一个时代量身定制的人格。寒窗苦读直至金榜题名，为官一方则廉洁奉公，他刚直、勤政、务实，凭借实力与口碑，一步步地成为北宋政坛的灵魂人物。学而优则仕，他的履历中没有捷径，每一步都走得扎实而令人信服，符合一个太平盛世对人才的期待。

但一个真正优秀的人总能洞察浮华背后的危机。治堰、兴学、励精图治，带着赫赫业绩步入汴京的范仲淹，并未高枕无忧地躺在过去的声名薄上，他深感北宋自建国至仁宗七十多年来，墨守祖宗家法，以致吏治冗杂、效率低下。为了革除沉疴积弊，应对内忧外患，范仲淹于庆历三年（1043年）上疏《答手诏条陈十事》，提出十项改革纲领，主张澄清吏治、改革科举、整修武备、减免徭役、发展农业生产等，内容涉及政治、经济、军事、教育、科举等各个领域。

新政实施的短短几个月时间，北宋政治局面已焕然一新，官僚机构精简，人才选拔不拘一格，全国兴起办学之风。但改革终究艰难。短短一年后，庆历新政戛然而止，却毋庸置疑开创了新风，成为王安石变法的前奏。

改革，就算失败也无妨，最坏的结果无非是被贬。范仲淹的政治生涯，就在谏言与被贬之间不断重复。最惨的一次，离开汴京时竟无一人为他送行。

被贬并不丢人，也不会改变范仲淹的为人。见范仲淹多次因谏被贬谪，梅尧臣作《灵乌赋》一文力劝他少管闲事，明哲保身，范仲淹却回作同题《灵乌赋》，表明自己“宁鸣而死，不默而生”，尽显为民请命的凛然大节。于有知遇之恩的晏殊的规劝，范仲淹也丝毫不留情面，公事公办地回写长信一封，表明自己“有益于朝廷社稷之事，必定秉公直言”的立场。

这样的范仲淹，笔下不可能有华而不实和无病呻吟。诗以言志、文以载道，是他必然的文学主张。

宦海沉浮中，写作只是他的副业或喜好，但因其深厚的学养与务实的风格，他的诗文里没有空洞乏味的说教，其情志多是感于万物并通过书写万物体现出来。他批判宋初诗坛的矫揉造作之风，提出“与时消息”，与刘勰“为情而文”和白居易“文章合为时而著，歌诗合为事而作”一脉相承，为现实生活而作，寓教化于情境之中。

江上渔者

江上往来人，但爱鲈鱼美。

君看一叶舟，出没风波里。

一首《江上渔者》，以寥寥数笔白描出一幅渔民生存境况图，个中辛酸，须得读者自己去体会。

务实的人，贵精不贵多。在宋词空前繁荣的“创作大赛”中，他绝非高产作者，但其词作首首深入人心，且在宋词的发展中担当了承前启后的重任。

刚刚从兵荒马乱中复苏的人们，需要温柔富贵的治愈，故而北宋初年的词坛，婉约柔媚蔚然成风，而范仲淹跳出了满目闺情春怨，拓展了词的内容与风格，他擅长描写秋天，存世五首词作里，有三首描写秋天。

苏幕遮·怀旧

碧云天，黄叶地，秋色连波，波上寒烟翠。山映斜阳天接水，芳草无情，更在斜阳外。

黯乡魂，追旅思，夜夜除非，好梦留人睡。明月楼高休独倚，酒入愁肠，化作相思泪。

写这首《苏幕遮·怀旧》时，范仲淹正在西北边塞军中主持防御西夏的军事。北方的秋天，晴朗利落，落叶干脆，碧空万里与遍地金黄相映，显然是符合范仲淹审美偏好的意境，他以雄浑笔力，记录下了眼前开阔的北国风貌，赞美自然无须雕饰的美，而终究难以掩饰内心对于故园的思念。

东奔西走，辗转迁徙，是为了实现政治抱负，而个人与国家的前途命运并不明朗，再倔强的人，偶尔也会有独倚明月高楼的忧愁时刻，写下来，也不丢人。

“碧云天”与“寒烟翠”后来成了两部琼瑶小说的名字，她笔下痴情男女的故事总是让人傻傻分不清楚，但那份远隔时空对于文字知音的致敬，我们都能意会。

耿耿秋灯秋夜长，但此时无声胜有声，秋夜也是范仲淹的知己。

御街行·秋日怀旧

纷纷坠叶飘香砌，夜寂静、寒声碎。真珠帘卷玉楼空，天淡银河垂地。年年今夜，月华如练，长是人千里。

愁肠已断无由醉，酒未到、先成泪。残灯明灭枕头攲，谙尽孤眠滋味。都来此事，眉间心上，无计相回避。

年年今夜，月色大抵都是相似的吧，而人世间的惆怅却分明有不同的层次。为自己、为家、为国，范仲淹的愁苦，层层加深，直至愁肠已断。

渔家傲·秋思

塞下秋来风景异，衡阳雁去无留意。四面边声连角起。千嶂里，长烟落日孤城闭。

浊酒一杯家万里，燕然未勒归无计。羌管悠悠霜满地。人不寐，将军白发征夫泪。

这一首《渔家傲·秋思》，写于戍守边关之时，曾被欧阳修批评有失大将之风，或动摇军心。居庙堂之高的欧阳修，却是苛责了范仲淹的胸怀。范仲淹在镇守西北边疆期间，既号令严明又爱抚士兵，被誉为“腹中有数万甲兵”。“将军白发征夫泪”，恰是范仲淹悲悯天下苍生的胸襟。

2

他的胸襟，坦承于我们最爱背诵课文中排名前列的《岳阳楼记》中。

作为江南名胜的岳阳楼，并不缺赞颂它的名篇佳句。登岳阳楼，望洞庭湖，烟波浩渺，胸怀壮阔，此情此景曾引无数迁客骚人吟诗作赋。而未曾亲临岳阳楼的范仲淹，以别开生面的笔触和心忧天下的崇高境界，让岳阳楼超越了山水本色，成为中国人心中独一无二的人文地标。

他革新文风，如推行新政一般果断，且身体力行，写下了这一篇融记叙、写景、抒情、议论为一体的不朽之作。

> 庆历四年春，滕子京谪守巴陵郡。越明年，政通人和，百废具兴。乃重修岳阳楼，增其旧制，刻唐贤今人诗赋于其上。属予作文以记之。

此时的范仲淹，在庆历新政失败后被贬于河南邓州，而谪守巴陵郡的滕子京，同样沉浮于宦海，推己及人，心生感慨，对于人在仕途的困倦与无奈，他不加掩饰。在此境况下命题作文，与其赘述已被前人写尽的岳阳楼大观，不如坦坦荡荡从自身处境出发，将情与景相融，让阴与晴相映。

> 若夫淫雨霏霏，连月不开，阴风怒号，浊浪排空；日星隐曜，山岳潜形；商旅不行，樯倾楫摧；薄暮冥冥，虎啸猿啼。登斯楼也，则有去国怀乡，忧谗畏讥，满目萧然，感极而悲者矣。
>
> 至若春和景明，波澜不惊，上下天光，一碧万顷；沙鸥翔集，锦鳞游泳；岸芷汀兰，郁郁青青。而或长烟一空，皓月千里，浮光跃金，静影沉璧；渔歌互答，此乐何极！登斯楼也，则有心旷神怡，宠辱偕忘，把酒临风，其喜洋洋者矣。

自然景象正如人生际遇不息变幻，范仲淹突破了仅仅着眼于“当下”的狭隘格局，而捕捉到“登斯楼也”的动态可能性，铺陈了两种气象条件下的不同景观，抒发由此而生的悲喜之情。其描述挥洒自如，抒情真切动人，用排偶章法作景物对比，成为杂记中的创新。在两股情感的交相涌动中，范仲淹指挥的这一首交响乐进入慷慨激昂的高潮。

> 嗟夫！予尝求古仁人之心，或异二者之为，何哉？不以物喜，不以己悲；居庙堂之高则忧其民；处江湖之远则忧其君。是进亦忧，退亦忧。然则何时而乐耶？其必曰“先天下之忧而忧，后天下之乐而乐”乎。噫！微斯人，吾谁与归？

既然外在环境的变化不由自主，那么内心世界便应保持“不以物喜，不以己悲”的从容，去追求超越悲与喜的宠辱不惊。无论“居庙堂之高”或是“处江湖之远”，行为准则与人生追求不改，他假托古仁人，发出“先天下之忧而忧，后天下之乐而乐”的誓言，其胸襟度量堪比洞庭湖之浩瀚无垠。

这一生，都在“先天下之忧而忧”，却终究未能等到理想中的“后天下之乐而乐”。但这一曲慷慨高歌，为中国知识分子的人格与精神树立了永远的标杆。

如果要为“君子”二字找一位代言人，范仲淹无疑是合适的。

那么问题来了，你会和这样的君子范仲淹做朋友吗？

想想还是算了吧。一定会被他的光芒掩盖。

再想想，还是舍不得放弃他。无论任何时代，与君子同行都是无悔的选择。他们就是理想主义的碧云天。

不假良史之辞，不托飞驰之势，凭才能安身立命，在不停地写写写中鲜活生动着的欧阳修，并没有因为人生不够完美而失色，却因不朽的文章而声名自传于后。

欧阳修：

不完美的他

1

小人书里的故事，留在了一代人的童年记忆中：古时候，有位母亲买不起笔墨，便用荻秆作笔，在沙地上教儿子读书写字。

那个孩子，从此与文字结缘，长大后成了北宋文坛领袖，他就是欧阳修。那些年的寒窗苦读中，母子俩都不曾预料到，他一生的波澜起伏都将因笔而生。

当日母亲除了画荻教子，还教他诵读古人的篇章。虽然家境贫寒，但欧阳修的童年，是与文章相伴。他后来钟情于书的秉性与务实、创新的精神，多少来自基因吧。

与母亲相依为命的年少时，物质自是贫乏，但母亲的豁达与智慧如春风化雨，读书郎于此间安静成长。

他长成了一枚不折不扣的书虫。家里的书读完了，便到附近的读书人家去借书来读，夜以继日，学而又思，读到精彩处，立刻抄写下来以便反复诵读。不觉间，少年写诗作赋，已经闻名遐迩。

他偶然得到韩愈的《昌黎先生文集》六卷，一见如故，爱不释手，后来对北宋乃至后世文学创作有着深远影响的一场文学革命，从那时起埋下了种子。

当地人说他："奇童也，他日必有重名。"

那个时代，出身平凡的"奇童"赢得重名的唯一途径，是参加科举考试。

在宋朝"以文治国"的大背景下，满腹经纶的少年欧阳修踏上了进京赶考之路。虽然也曾经历挫折，但他终究成了连中三元的科考传奇，直至进士及第，人生的转折点由此到来。

那是一个知识改变命运的故事。考中进士，成为朝中高官的乘龙快婿，欧阳修从一个除了才华一无所有的书生成为前途无量的官场新人，忽如一夜华丽转身。

刚刚步入仕途时，欧阳修也有过一段意气风发的得意时光。因为遇到热爱文艺的上司钱惟演，一帮志同道合的年轻人忙于游山玩水吟诗作文，把时间都浪费在了美好的事物上，他后来曾以一句"曾是洛阳花下客，野芳虽晚不须嗟"追忆似水年华，却并无留恋。

回忆之所以美好，是因为过去的都过去了。欧阳修，从不留恋过往。

从书斋到仕途，从文章到政见，推陈出新是他不变的立场。不知官场险恶的书虫坚持呼吁改革，历次参与推行新政，皆遭遇失败，个人也难免受到牵连，屡遭贬谪。

韩愈的古文理论深植于心间，欧阳修在经过多年思考与创作实践后，发起并领导了北宋诗文革新运动。文学必须反映现实，但北宋初年以西昆体为代表的浮靡文风无法担当这样的使命。欧阳修主张对诗、文进行革新，他将韩愈的“文以载道”拓展为“文道并重”，把文学看得与“道”同样重要，认为文学的艺术形式与思想内容同样重要，这在根本上改变了文学的发展方向。

他以韩愈、柳宗元的古文为写作典范，但并不盲目崇古，而是批判式继承。另一方面，对于骈体文的艺术成就也并不一概否定，在文学理论上注重不偏不倚，为北宋的诗文革新建立了科学的指导思想，宋朝古文由此而格局广阔。

欧阳修勤于实践，个人创作的高度与其文学理论相映生辉，他开创了平易自然的一代文风，让散文成为熔叙事、抒情、议论于一炉的全能文体，是毋庸置疑的北宋文学革命第一人。他善于团结志同道合者，与提倡古文、反对浮靡的范仲淹、梅尧臣、苏舜钦等人结为至交；又大力提携后起之秀，曾巩、王安石和苏轼们经他推荐而崛起于文坛。

在欧阳修的不懈推动和苏轼、曾巩等一代文坛大家的共同努力下，北宋诗文革新运动取得了最终的胜利，继唐朝古文运动之后，又一次把散文以及文论创作的理论与实践推进了一步，对古代文学的发展影响巨大。

这样的欧阳修，从不缺光环。后世无论“唐宋八大家”或“千古文章四大家”的称誉，都是在佐证他“千古文章一代宗师”的地位。

他是政治上的失意者，却是文学运动的领袖与赢家。笔是他唯一的武器，写写写是他的人生姿态。被贬到哪里，就在哪里写写写。

最著名的《醉翁亭记》，写于他被贬滁州任知州时。

他用浪漫的想象与扎实的叙述构建了一个超越现实的“理想国”。

> 环滁皆山也。其西南诸峰，林壑尤美。望之蔚然而深秀者，琅琊也。山行六七里，渐闻水声潺潺而泻出于两峰之间者，酿泉也。峰回路转，有亭翼然临于泉上者，醉翁亭也。作亭者谁？山之僧智仙也。名之者谁？太守自谓也。太守与客来饮于此，饮少辄醉，而年又最高，故自号曰醉翁也。醉翁之意不在酒，在乎山水之间也。山水之乐，得之心而寓之酒也。

在四十岁便自称“醉翁”，可见心中忧郁，但他还是坚持了“宽简而不扰”的作风，却收获了奇效。

> 若夫日出而林霏开，云归而岩穴暝，晦明变化者，山间之朝暮也。野芳发而幽香，佳木秀而繁阴，风霜高洁，水落而石出者，山间之四时也。朝而往，暮而归，四时之景不同，而乐亦无穷也。

这一段堪称经典的景物描写，是他对骈体文“取其精华去其糟粕”的成果，他将骈体文精致富丽的语言特点融入了自然流畅的行文中，在“赋”体与“散”体的有机融合中，开拓了写景叙事散文的全新境界。

在“醉翁”的眼中，滁州一带风光秀美，四季宜人，而百姓安居乐业。就地取材，丰衣足食，便成就了一场盛大的宴饮，“临溪而渔，溪深而鱼肥。酿泉为酒，泉香而酒冽；山肴野蔌，杂然而前陈者，太守宴也”。欢畅优美的铺陈，是在强调顺其自然的主张。

以清新自然的客观描写为明线，以坦白真实的主观感受为暗线，文章在令人沉醉的叙述中完成了“峰回路转，有亭翼然”的转折。无限风光背后，却是“颓然乎其间”的落寞。山水之乐是表象，忧国忧民是内里。作者“醉”意渐深，从陶醉于山水美景之中，直至陶醉于与民同乐之中。但醉翁仍有超乎世人的清醒，“然而禽鸟知山林之乐，而不知人之乐；人知从太守游而乐，而不知太守之乐其乐也”。

“乐”是贯穿于《醉翁亭记》的主线，而渴望与民同乐的欧阳修，以曲径通幽的笔触委婉表达了自己不被理解的苦闷与悲伤。

仕途漫漫，他始终未曾抵达内心向往的自由与快乐。

2

随着年岁渐长，理想在远去，现实却越发沉郁。多年后，阅尽名利纷争与世态炎凉的欧阳修，不再假借“醉翁之意”，而直抒胸臆，感慨秋声悲凉。

欧阳子方夜读书，闻有声自西南来者，悚然而听之，曰："异哉！"初淅沥以萧飒，忽奔腾而砰湃；如波涛夜惊，风雨骤至。其触于物也，鏦鏦铮铮，金铁皆鸣；又如赴敌之兵，衔枚疾走，不闻号令，但闻人马之行声。余谓童子："此何声也？汝出视之。"童子曰："星月皎洁，明河在天，四无人声，声在树间。"

《秋声赋》由"我"与童子的对话开篇，一段惊险离奇的铺陈排比剧烈冲击了静夜读书的画面，让人似乎感知到原本难以名状的秋之"声"，在动静对比和虚实转换中，渲染了秋意悲凉。设置问答是"赋"体典型的写作手法，在散文革新取得了成功之后，欧阳修没有抛弃曾经被他批判的"赋"，而是尝试为"赋"开辟新的发展方向。他保留"赋"的形式特征与华丽修辞，而融入散文的自由活泼之风，又增添了赋体的抒情意味，让"赋"焕发新的生命力。

嗟乎！草木无情，有时飘零。人为动物，惟物之灵，百忧感其心，万事劳其形；有动于中，必摇其精。而况思其力之所不及，忧其智之所不能；宜其渥然丹者为槁木，黟然黑者为星星。奈何以非金石之质，欲与草木而争荣？念谁为之戕贼，亦何恨乎秋声！

如果说"醉翁"是自嘲，那么写《秋声赋》的欧阳修，人生确已进入晚秋，因为才学深厚，境遇尚属安逸，但胸中抱负已被一点一滴消磨。草木为风摧折，恰如理想频遭打击，年轻时还有机会再次出发，而当垂垂老矣，连四壁虫声都在助长他的凄凉。但此时，他已由追寻外在原因转向审视内在，或许，一切的烦扰都是庸人自扰。

悲秋是古来诗文中屡见不鲜的主题，而欧阳修没有停留于感慨万物萧瑟，由“百忧感其心，万事劳其形”的自省完成了意境切换，从有声的草木之秋转入无声的人世之秋，毫无保留地道出了半生蹉跎后的深刻领悟——人生实苦，但这份辛苦不仅来自外在的风雨，更由心中欲念而生。

悲草木，叹人事，想挣脱，立意深远而挥洒自如的《秋声赋》，是宋朝文赋的典范之作。

欧阳修一生的文章，都在记录这一路的挣扎、反思与无奈，也在忠实地践行着自己以文抒怀的创作理念。

在不曾消停的政治风浪中，才学始终是他赖以安身立命的资本。

至和元年（1054年）八月，欧阳修又遭诬陷被贬。然而命令刚刚下达，宋仁宗就后悔了，等到欧阳修上朝辞行时，亲自将他留下。于是，欧阳修以翰林学士留朝修撰史书，与宋祁同修《新唐书》。

但后来的事，或许只会让仁宗更加悔不当初。欧阳修忧心五代历史即将重演，而宋太祖时薛居正奉命主修的《旧五代史》“繁猥失实”，毫无警示与反思，便独立修撰了七十四卷的《新五代史》。本性难移的欧阳修，在《五代史伶官传序》中，直言不讳奉劝君王以史为鉴。

忧劳可以兴国，逸豫可以亡身，自然之理也。故方其盛也，举天下之豪杰莫能与之争；及其衰也，数十伶人困之，而身死国灭，为天下笑。夫祸患常积于忽微，而智勇多困于所溺，岂独伶人也哉！作《伶官传》。

此后千年，多少王朝兴衰更替，唯有欧阳修的醒世恒言贯穿于历史的长河，回响不绝。

晚年他自号“六一居士”，源自家中六件事物：藏书一万卷、收录夏商周三代以来金石文字一千卷、一张琴、一盘棋、一壶酒，和醉在其中一天天老去的自己。

画眉鸟

百啭千声随意移，山花红紫树高低。

始知锁向金笼听，不及林间自在啼。

不及林间自在啼，是他对画眉鸟的叹息，亦是自怜。一千年前的欧阳修，不可能超越其所处时代的局限性。但“六一居士”依然是幸福的，他在与书籍至情至性的交往中拥有了精神世界的理想国，“是非自相攻，去取在勇断。初如两军交，乘胜方酣战”。

他孜孜不倦修订平生作文，“不畏先生嗔，却怕后生笑”。例如《醉翁亭记》里的“环滁皆山也”这五个字，据说是焚膏继晷得来。

有资格嘲笑他的后生，不多。

南宋理学大家朱熹曾评价，“欧阳公作字如其为人，外若优游，中实刚劲”。

欧阳修优游与刚劲并举的一生，印证了曹丕《典论·论文》中的豪迈论断：

> 盖文章，经国之大业，不朽之盛事。年寿有时而尽，荣乐止乎其身，二者必至之常期，未若文章之无穷。是以古之作者，寄身于翰墨，见意于篇籍，不假良史之辞，不托飞驰之势，而声名自传于后。

不假良史之辞，不托飞驰之势，凭才能安身立命，在不停地写写写中鲜活生动着的欧阳修，并没有因为人生不够完美而失色，却因不朽的文章而声名自传于后。

苏轼先于同时代的人们，有一份源于天分而成于感知的觉醒。他领悟到了封建社会的人性藩篱，试图挣脱这种束缚，飞往理想中的琼楼玉宇，而终究成了人类文化史上不朽的存在。

苏轼：

永远的神

1

我们无法看到苏轼所看到的眉山的明月夜，却总在暗自庆幸，幸好苏轼来过这世界，不然日复一日该有多无趣。

他的一生是一部百科全书式的巨著，书写着无比丰富的生命体验，他以率真的性情和一流的智慧为文学史翻开了新的一页，其人其文拥有跨越时空直抵心灵的能量。你可以认真地研究他的身世与家学，也可以津津乐道于他的星座与个性，甚至将他的画像设为头像，作为考场“幸运符”，都不违和，在最受欢迎文豪榜上，他稳居榜首。

更难得的是，他可以毫无压力地适应985年后的生活。假如苏轼生活在今天，他应该过得挺不错。他会是一位不折不扣的版权富翁。似乎无须统计，自各路新媒体诞生以来，苏轼一定是被转载、引用和谈论最多的古代文豪。

他还是“如何写作爆款文”的金牌导师，也是善于就地取材的创意厨师，美食专栏备受追捧，兴修水利颇有心得，至于自助旅游和户外运动，也有着深厚的造诣。

他从不吝于表达对于世俗生活的热爱，也坦然流露自己的轻微厌世，两种情绪大相径庭，在他的笔下却能和谐共生。

他将自己跌宕起伏的人生体验付诸笔端，也几乎预知了一千年后的世间万象与人生百味；他在业余时间笔耕不辍，以书写为生活方式，让中国语言文学抵达了前所未有的审美意境；每当你想要借景抒情或是对酒当歌，在诗兴大发时却总是恍然醒悟——原来苏轼已经写过了。

面对异乡的暮春之景，牵挂的却是回不去的故乡。人生苦短，不如意却常伴左右，与其怅然若失，不如超然物外、洒脱前行。

且将新火试新茶，诗酒趁年华。

思念故人，他胸怀坦荡，其实疲于奔命的日子里，并不经常能够想到你，但心底自然有你。

十年生死两茫茫，不思量，自难忘。

回忆之所以美好，是因为过去的都过去了。往日时光中的点滴片段，于漫长一生都不过是偶然的印迹，应当珍藏于心，但不必过于留恋，我们终究要继续探索未知的前程。

人生到处知何似，应似飞鸿踏雪泥。

不要去抱怨千里迢迢，或是忧虑水土不服，对于随遇而安的人来说，天涯何处不是家呢。

试问岭南应不好？却道，此心安处是吾乡。

但这一切，都并非苏轼的本业。从眉山出发的男孩，最初的梦想是齐家治国平天下。他也曾拥有一个华丽的起点。

没有什么阴差阳错，也不需要大器晚成，苏轼在二十岁的青春年华，便以一手好文章轰动汴京，轻轻松松金榜题名，也登上了北宋文坛的舞台中央，成为最耀眼的新星。虽然父亲苏洵为其命名时便寄予了“做人要低调”的良苦用心，可才华如美貌，是无论如何也藏不住的。

少年苏轼享受着一帆风顺的幸运。他生活在北宋中期，那是一个欢欣与沉闷交杂的时代。因为“澶渊之盟”的缔结，不再面临大规模战争的威胁，北宋王朝的军事压力得到了极大的缓解，生产逐步恢复，商品经济繁荣，人们对精神文化的追求空前热烈，于是文艺创作与传播达到前所未有的高潮，宋词飞入寻常百姓家，散文名篇被争相传诵，文学艺术与科学技术的高峰一再被突破。

但看似风调雨顺的表面下，隐藏着此起彼伏的忧患。北宋积贫积弱的局面不曾得到根本的改变，官僚机构臃肿，阶级矛盾日益显现，改革与否，成了争议的焦点，更直接导致了日后对北宋政局影响深远的新旧党争。

苏轼的人生曲线，得益于这复杂的背景，也终究为其所牵制，当日苏轼与苏辙双双金榜题名之时，宋仁宗曾欣喜地预言，“吾今又为吾子孙得太平宰相两人”。可惜太平盛世未能再现，兄弟二人都不曾得意于仕途，而是在宦海沉浮中各自漂泊。

新旧党争的焦点人物是王安石与司马光，苏轼本可以明哲保身，他却偏要直言不讳。王安石变法，他上万言书批评新政的弊病而触怒了执政的新党，司马光回归旧党执政时，他又反对将新法全盘废除而得罪了旧党，最终让自己落入了“既不能容于新党，又不能见谅于旧党”的境地。

四十三岁时，苏轼因“乌台诗案”入狱103天，最终躲过一劫，被贬为黄州团练副使，这是他文学与人生的重大转折。

2

在黄州，苏轼成为苏东坡。

黄州不是苏杭，团练副使官职低微，跋山涉水到达黄州，与其说是赴任，不如说是流放。

但黄州也是远离官场是非的清净之地，让他得以听见自己真实的心声，释放天性，亲近自然。

因为薪俸微薄，他带领家人开垦城东的一块坡地，种田帮补生计。“东坡居士”的别号便由此得来。

因为心情郁闷，他常常与亲友到黄州城外的赤壁山游览，于是写下了《赤壁赋》《后赤壁赋》和《念奴娇·赤壁怀古》等名作。

在黄州，苏轼完成了“以诗为词”的历史性转变。南宋王灼在《碧鸡漫志》中评述，“东坡先生非心醉于音律者，偶尔作歌，指出向上一路，新天下耳目，弄笔者始知自振”。强化词的文学性，弱化词对音乐的依附性，便是苏轼为后代词人指出的“向上一路”。

从五代到柳永，词与音乐不可分割，内容也多为艳情别意。但苏轼的词，别具一格。他的写作题材跳出了莺莺燕燕儿女情长，而是以朴素真挚的笔调抒写生活，不只关心词的传唱与流行，更思考其文学意义。他看见江山如画，他感慨人生如梦，他开启豪放一派，让宋词的意境从此豁然开朗。

念奴娇·赤壁怀古

大江东去，浪淘尽，千古风流人物。故垒西边，人道是：三国周郎赤壁。乱石穿空，惊涛拍岸，卷起千堆雪。江山如画，一时多少豪杰。

遥想公瑾当年，小乔初嫁了，雄姿英发。羽扇纶巾，谈笑间、樯橹灰飞烟灭。故国神游，多情应笑我，早生华发。人生如梦，一尊还酹江月。

“以诗为词”，一举将词从音乐的附属品转变为独立的文学体裁，可以抒情，可以言志，可以坦荡地敞开心扉，可以自由地挥洒个性，苏轼将自身学养、阅历与胸襟皆熔铸于词中，实现了变俗为雅的实质性变革，这是苏轼在宋词发展史上最大的贡献，他完成了自己的使命，却也引发了词坛的一场核心争议。

胸怀壮阔的苏轼不拘于音律，或者可以说，不屑于墨守成规。他任由思绪纵横恣肆，文采飞扬之时，即使“破韵”也在所不顾，于是被诟病为动摇了词之根本。李清照于《词论》中嘲讽苏轼身为“学际天人”，所作之词却往往不协音律，“皆句读不葺之诗尔”。

也是在黄州，贯穿他一生的矛盾与挣扎浮出水面。他在无可救药的乐观入世者与坦诚的轻微厌世者之间来来往往。

一首《临江仙·夜饮东坡醒复醉》，写在真正的“东坡”，是自嘲，也有无可奈何中的片刻消沉。

临江仙·夜饮东坡醒复醉

夜饮东坡醒复醉，归来仿佛三更。家童鼻息已雷鸣。敲门都不应，倚杖听江声。

长恨此身非我有，何时忘却营营？夜阑风静縠纹平。小舟从此逝，江海寄余生。

《卜算子·黄州定慧院寓居作》是更深一层的冷清寂寥。

卜算子·黄州定慧院寓居作

缺月挂疏桐，漏断人初静。谁见幽人独往来，缥缈孤鸿影。

惊起却回头，有恨无人省。拣尽寒枝不肯栖，寂寞沙洲冷。

但写于黄州的《定风波》，却有了“一蓑烟雨任平生”的乐观豁达。

定风波·莫听穿林打叶声

（三月七日沙湖道中遇雨。雨具先去，同行皆狼狈，余不觉，已而遂晴，故作此词。）

莫听穿林打叶声，何妨吟啸且徐行。竹杖芒鞋轻胜马，谁怕？一蓑烟雨任平生。

料峭春风吹酒醒，微冷，山头斜照却相迎。回首向来萧瑟处，归去，也无风雨也无晴。

题记如一篇短小精悍的记叙文，将时间、地点、人物、事件简要交代，点明了这首词的写作内容是一件小事——沙湖道中遇雨。

全词叙事脉络清晰流畅，上片写偶遇风雨，下片写雨过天晴。“穿林打叶”，可知风急雨骤，作者却能“吟啸且徐行”，足见其从容自若。“竹杖”与“芒鞋”，是极其简朴的雨具，暗喻自己遭遇贬谪后的现实境况，“竹杖”“芒鞋”与“马”，不只是物质条件的对比，更是人生态度的不同。忽而放晴，春风虽冷，却有山头斜照相迎，冷暖交替，不息变幻，本是最寻常的自然现象，人生行旅中的那些坎坷曲折，不也就像“雨”和“晴”一样不值一提吗？

“同行皆狼狈，余不觉”，立意已然明朗。该是经历了多少跌宕起伏后，才能拥有这一份宠辱不惊的淡定？

那一天原本平平无奇，似乎什么都没有发生，因为苏轼的心胸开阔领悟透彻，便成了他人生中难以替换的一天，也是宋词史上值得被铭记的一天。

这就是苏轼。从穿林打叶声中走来的他，对于日常生活葆有一份朴素的敬意，更善于捕捉和表达其间蕴含的人生哲理。他将个人对生命的思考，毫无保留地写进了词里，他将自己对文学革新的观点，淋漓尽致地表现在词中，于是他的词，具有超越时代的文学和审美价值，用任何派别来归类都不够准确，或许它们只适合被称为“苏词”。

清《四库提要》提炼，“词自晚唐五代以来，以亲切婉丽为宗，至柳永而一变，如诗家之有白居易；至苏轼又一变，如诗家之有韩愈，遂开南宋辛弃疾等一派。”作为不世而出的全能型文艺巨匠，苏轼诗词散文无一不精，于书法绘画也有深厚的造诣，但他取得革命性突破、对后世影响最深的成就，是词。

苏轼传有词集《东坡乐府》二卷，《全宋词》辑其全篇346首，残篇15首。

以诗为词的苏轼，也将其从自然现象中发现客观规律、从日常生活中感悟人生哲理的才能运用于诗歌本身，从而成了最受欢迎的宋朝诗人。

苏轼的兄弟和朋友是幸运的。

往往为了子由，苏轼才能写出最好的诗。

人生到处知何似，应似飞鸿踏雪泥，是对苏辙的勉励。是处青山可埋骨，他年夜雨独伤神，是大难临头时最深切的牵挂与眷恋。

往往是为了朋友，苏轼才会坦率展现自己豁达的一面。作为文豪，他向来出手大方，从不惜墨。名不见经传的书痴刘景文，因为苏轼的诗作而留在了文学史上。他的名字总在提示着人们，别忘了那严寒时节中正在孕育的生机盎然。

赠刘景文

荷尽已无擎雨盖，菊残犹有傲霜枝。

一年好景君须记，最是橙黄橘绿时。

此时两位好友都已不在风华正茂的年纪了，回顾半生，都在漂泊与迁徙中蹉跎。人生到了深秋，这恰是收获的季节呵。可惜造化不如人意，刘景文没有收获属于他的人生果实，却因为这位大文豪朋友而留名千古。

确如王国维所言，“东坡之词旷，稼轩之词豪”，苏东坡的诗与词中有着无可比拟的超逸与旷达，它们是最热烈情感与最丰厚智慧的从容结合，生发于作者那超越时代的境界。

后辈词人周济在《介存斋论词杂著》说道，“人赏东坡粗豪，吾赏东坡韶秀。韶秀是东坡佳处，粗豪则病也。东坡每事俱不十分用力，古文、书、画皆尔，词亦尔。”

“不用力”，或许是因为他早已参透了人生的不确定。

一千年以后，所有是非争议都已随曾经的时代一同落幕，历经时光淘洗而流传至今、成为脍炙人口的经典之作的，是并不十分用力、偶尔不协音律却最是真挚的苏词。

3

我们无法想象一个没有苏轼的世界，而苏轼对于身处的时空却充满了怀疑与否定。

他反复强调“人生如梦”，而不曾因此颓丧沉寂，穷尽一生在梦与醒之间寻求超脱。

他在二十年内体验了从一鸣惊人到一落千丈的波澜起伏，对于仕途充满倦意，却未曾以此为借口推卸身为臣子的责任。

苏轼一生历典八州，换言之，总在搬家。在那个没有智能手机和高铁的时代，他一路奔赴杭州、密州、徐州和黄州任职，直至岭南的惠州和天涯海角的儋州，“再无处可贬”了。“东坡处处筑苏堤”和“日啖荔枝三百颗”，都发生在迁徙的路上。要写一本苏东坡谪官记，顺便也就写出了一本自助游手册和一部浚湖筑堤史。

浣溪沙·细雨斜风作晓寒

（元丰七年十二月二十四日，从泗州刘倩叔游南山。）

细雨斜风作晓寒，淡烟疏柳媚晴滩。入淮清洛渐漫漫。

雪沫乳花浮午盏，蓼茸蒿笋试春盘。人间有味是清欢。

在他的笔下，一次简朴的野餐，都充满了诗意。这首《浣溪沙·细雨斜风作晓寒》，作于由黄州调任汝州之时，即将离开最艰苦困顿的黄州，意味着政治处境有了转机，苏轼身心的舒畅皆流露于笔端，虽然仍在乍暖还寒时节，他的词句里却分明传达着春天的讯息。

作为北宋著名美食专栏作家，苏轼的野餐内容却只有清茶与“春盘”。蓼芽与蒿茎，这寻常的时蔬拥有让人垂涎的鲜嫩味道。以“雪沫乳花”来形容煎茶时上浮的白泡，显然是适度的夸张，却也是为了与碧绿的春盘形成鲜明的色彩对比。简单的食材，清丽的色调，欢快的表达里充满对生活的热爱，再加上一句不经意间升华全篇的“有味是清欢”，便让这一次野餐在千百年后仍让人津津乐道。

浣溪沙·簌簌衣巾落枣花

簌簌衣巾落枣花，村南村北响缫车。牛衣古柳卖黄瓜。

酒困路长惟欲睡，日高人渴漫思茶。敲门试问野人家。

《浣溪沙·徐门石潭谢雨道上作五首》组词的阅读量未必能及前者，但意义非凡——他将质朴的乡土气息引入了痴迷于缠缠绵绵的北宋词坛。这组词是苏轼在徐州任职时求雨后到石潭谢雨途中所作，他用清新自然的笔触描绘着乡野风光与村居生活，也感同身受着农民的喜与忧，这位文艺青年并非五谷不分的书呆子，而实实在在地务求接地气。在徐州，苏轼建苏堤，筑黄楼，为官勤勉，政声颇著。

绍圣四年，年已六十二岁的苏轼被贬至荒凉之地海南岛儋州。但“不避风雨，听任自然”的他把儋州当成了自己的第二故乡，“我本儋耳氏，寄生西蜀州”。乘风破浪而来的他，没有九死一生的颓丧，而一如既往地展现蓬勃的生命力。他兴办教育，树立学风，让曾经的文化沙漠焕发新生。此前一百多年里，海南从未有人进士及第。但苏轼北归不久，就有人题名乡贡。为此苏轼题诗："沧海何曾断地脉，珠崖从此破天荒"。

积极入世如苏轼，却最早捕捉到了人生的虚幻。生活在封建知识分子最好的时代，他超越世俗提出了对人生意义、浩瀚时空和世间一切存在的否定与质疑，他是那一个最早触碰到"高处不胜寒"的人。

《前赤壁赋》感叹人生短暂，羡慕江流不息，而终究在变与不变的两种角度的思辨中得到了精神的解脱。

> 寄蜉蝣于天地，渺沧海之一粟。哀吾生之须臾，羡长江之无穷。挟飞仙以遨游，抱明月而长终。知不可乎骤得，托遗响于悲风。

《后赤壁赋》沿用主客问答的赋体传统格局，书写了壮阔雄奇的自然之美，又在亦真亦幻的境界中流露出对于遁世隐逸的向往。

> 于是携酒与鱼，复游于赤壁之下。江流有声，断岸千尺；山高月小，水落石出。曾日月之几何，而江山不可复识矣。予乃摄衣而上，履巉岩，披蒙茸，踞虎豹，登虬龙，攀栖鹘之危巢，俯冯夷之幽宫。盖二客不能从焉。划然长啸，草木震动，山鸣谷应，风起水涌。予亦悄然而悲，肃然而恐，凛乎其不可留也。反而登舟，放乎中流，听其所止而休焉。

在不断地质疑与否定中，苏轼建立了辩证而全面的宇宙观与人生观。“哀吾生之须臾，羡长江之无穷”的他，在创作中无限接近他所慕求的永恒之境。

1076年中秋之夜，苏轼面对当空皓月，怀想已暌违七年的苏辙，情意饱满笔墨酣畅，写下了中秋词的巅峰之作。

水调歌头·明月几时有

（丙辰中秋，欢饮达旦，大醉，作此篇，兼怀子由。）

明月几时有，把酒问青天。不知天上宫阙，今夕是何年。我欲乘风归去，又恐琼楼玉宇，高处不胜寒。起舞弄清影，何似在人间。

转朱阁，低绮户，照无眠。不应有恨，何事长向别时圆？人有悲欢离合，月有阴晴圆缺，此事古难全。但愿人长久，千里共婵娟。

那一年他四十岁，人到中年，任职密州太守。题记已明白无误地交代了，这是“大醉”后之作：“丙辰中秋，欢饮达旦，大醉。作此篇，兼怀子由。”子由，是此时在齐州任掌书记的弟弟苏辙。苏轼这个“别人家的哥哥”，在密州遥望齐州，飘飘欲仙而又面对现实，作出了这一首千古绝唱。

南宋《苕溪渔隐丛话》云：“中秋词自东坡《水调歌头》一出，余词尽废。”仰望明月，敞开胸怀，是大醉后高歌的理想，思念亲人，百转千回，是醒来看见的现实，词人在理想与现实之间兜兜转转，从古至今，如月亮与六便士。

苏轼先于同时代的人们，有一份源于天分而成于感知的觉醒。他领悟到了封建社会的人性藩篱，试图挣脱这种束缚，飞往理想中的琼楼玉宇，而终究成了人类文化史上不朽的存在。

晚年苏轼以黄州、惠州、儋州三个贬谪地总结一生功业，一肚子不合时宜的苏学士，是将豪放进行到底了。

苏东坡的故事，还可以再写一千年。

胸中有丘壑的苏洵生逢其时。在一个相对太平的时代，也是作为封建文人最好的时代，他阅尽山河壮丽，尝尽人生百味，抒发了政治理想，留下了名篇佳作，获得了丰富而圆满的生命体验。

苏洵：

燃情岁月

1

人有悲欢离合，月有阴晴圆缺。

1076年中秋夜，人在密州的苏轼为一别七年的弟弟苏辙，写下了这一句千古绝唱。

用来概括他们的老爸苏洵的一生，也是如此贴切。

苏洵无疑是北宋文艺圈最成功的爸爸，但在成为爸爸之前，他也拥有属于自己的青葱岁月，享受着人生最初的悠长假期。

那时候的国家没有战争，父亲健在，担负了养家糊口的责任，男孩苏洵的世界里，光阴就是用来虚度的。故乡眉山地处宽阔的岷江河谷平原，出生书香世家经济宽裕氛围开明，苏洵在松弛自然的环境中成长为一个乐山爱水的人，相比于闭门苦读，他更喜欢行万里路，看江山如画，听历史涛声，开拓视野，激荡心胸，结交四海知音，丰厚人生历练。年少时的苏洵，一次次地从岷江出发，凭借一副好身体和无处安放的时间四处游历，他不是在旅行，就是在准备旅行。

苏洵的自我放任，得到了父亲的默许。他曾几度尝试专注于读书，但都以失败告终，父亲始终“纵而不问”，于是苏洵在晃晃悠悠的节奏中挥霍着时光，完成了结婚生子等人生大事，直至二十七岁，经历了女儿夭折母亲亡故，生于顺境的他才有了悲欢离合的初体验，如梦方醒，立志发奋。

苏洵由此成为“大器晚成”的代言人。他的事迹还入选了《三字经》：苏老泉，二十七。始发奋，读书籍。在日后好友欧阳修和张方平的文章里，也有着确切的记录，“年二十七，始发愤读书”。

但终究是晚了。有些时机，错过了便很难重来。年轻时的苏洵顺风顺水，自诩聪明过人，也见多识广，以为稍作努力便足以考取功名，他也不曾意识到从苏洵到苏老泉，不过是一瞬间的转折。他为自己的年少轻狂付出了代价，从二十八岁开始参加科举考试，经历了二十年的漫长应试之旅，备受煎熬却未能考取进士。

48岁那一年，他带着两个儿子进京赶考，21岁的苏轼和18岁的苏辙同榜题名，双双考中进士，写下了科举考试的一段佳话。此时苏洵的心里却是百味杂陈的，他不无感慨地写道：“莫道登科易，老夫如登天。莫道登科难，小儿如拾芥。”岁月催人，科考二十余年一晃而过，苏洵已然成了老夫，而无所成就，他精心栽培的两个小儿却如探囊取物一考即中，一代人老去，一代人生机勃勃整装待发。

无论如何，“三苏”中少不了苏洵，“唐宋八大家”也不能没有苏洵。

那些看似任性仿若不羁的岁月，其实都在他的生命中刻下了深深的印记。

畅游千古江山，结交天下名士，让苏洵成为心胸开阔、言行果断之人，也悄然为他的文学创作积累了见识与思辨的基础。苏洵作文，虽然起步晚，但格局阔朗，主旨鲜明，感情充沛而说理清晰。他在汴京见到了已成为文坛领袖的欧阳修，欧阳修对他的文章赞不绝口，于是当时文坛争相传诵，苏洵没有金榜题名，却一举成名。

2

科举不顺并未磨灭苏洵的政治抱负，政论文是他最负盛名的文体。《六国论》是苏洵政论文的代表作，文章借古喻今，笔力雄浑，提出并论证了六国破灭“弊在赂秦”的犀利观点，而意在忠告北宋王朝以史为鉴，切勿重蹈六国之覆辙。

> 六国破灭，非兵不利，战不善，弊在赂秦。赂秦而力亏，破灭之道也。或曰：“六国互丧，率赂秦耶？”曰：“不赂者以赂者丧，盖失强援，不能独完。故曰：‘弊在赂秦也’。”

年轻时漫无章法的苏洵，作文毫不拖泥带水，开篇立意是他的鲜明风格。为了支持个人观点，他详细陈述了诸侯割让土地给秦国的事实和其祸患，“以地事秦，犹抱薪救火，薪不尽，火不灭。”接下来继续深入，探讨为什么齐国未曾割让土地给秦国，也逃不出同样的命运。真正的原因在于依附，齐国不敢得罪秦国，也没有向他国伸出援手，于是当秦国将各国“革灭殆尽”时，齐国便落入同样的结局，所谓“不赂者以赂者丧”。到了这里，他笔锋一转，反向设想了如果“向使三国各爱其地，齐人勿附于秦，刺客不行，良将犹在”，或许就是另一番局面，“胜负之数，存亡之理，当与秦相较，或未易量。”

但这只是痛心疾首时的假想，若止步于此，则文章难免单薄空洞。作者显然是有备而来，他早已在胸中为当日之六国谋划了一套“对策”：

> 以赂秦之地，封天下之谋臣，以事秦之心，礼天下之奇才，并力西向，则吾恐秦人食之不得下咽也。悲夫！有如此之势，而为秦人积威之所劫，日削月割，以趋于亡。为国者无使为积威之所劫哉！

文章透彻分析了“弊在赂秦”的道理，在此主旨下又层次分明。首先集中论述了“赂秦而力亏，破灭之道也”，进而补充论证“不赂者以赂者丧”，以达到逻辑上的严密完备。同时，对于命运相同的六国，虽然总体持批判态度，但批评中也各有尺度。对“赂秦”的韩、魏、楚三国，苏洵是彻底否定的，对依附秦国的齐国是严厉批判，而对“用武而不终”的燕、赵两国，他深感惋惜。正反两面论证，结构严谨思路清晰，令人信服难以驳斥，这样的苏洵，无疑是北宋文坛的逻辑思维大师。

至此，文章真正意图已然明确，他却意犹未尽，从历史切换到现实。

> 夫六国与秦皆诸侯，其势弱于秦，而犹有可以不赂而胜之之势。苟以天下之大，下而从六国破亡之故事，是又在六国下矣。

如果凭着一统天下的大国，却自取下策反而重蹈六国灭亡的覆辙，这就又在六国之下了！

“六国论”，并非为了一千多年前的六国而论，也不是为了不可更改的历史而论，苏洵评议历史，从来都是为了当下，只有从历史中汲取经验，在大历史的宏观视角中着眼当下，议论才有意义，文章才有价值。他认为作文的主要目的是“言当世之要”，是为了“施之于今”。

作为诗文革新的坚定支持者，苏洵的政论文摒弃浮夸重在说理，他践行着“文以载道”的理论，以针砭时弊为己任，评议时政不留情面，且对军事富有研究。曾巩说苏洵“颇喜言兵”，对战略战术如数家珍，比如打速决战、突击取胜避实击虚、以强攻弱、善用奇兵和疑兵等。

这些“战术”没有机会在沙场上演练，却被苏洵运用到了散文中。他的文章论点鲜明，论据有力，擅长纵横捭阖，极具雄辩的气势。欧阳修称赞他“博辩宏伟”，“纵横上下，出入驰骤，必造于深微而后止”；曾巩也评论他的文章“指事析理，引物托喻”“烦能不乱，肆能不流”。虽为挚友，却不失客观，他们的评价绝非溢美之词。

苏洵行文雄奇兼备，而又富于变化。他就是那个调遣千军万马的文字将军，战术多样难以捉摸，能豪放亦可舒缓。他在《上田枢密书》中也自评其文兼得“诗人之优柔，骚人之清深，孟、韩之温淳，迁、固之雄刚，孙、吴之简切”。他的《六国论》《管仲论》等一系列政论文结合历史与现实，直指时政弊病，积极要求政治改革，呼吁重用人才，改变北宋积贫积弱的局面。

他的自负，他的直率，是那个时代文人处境的缩影。苏洵生活在北宋中期的繁华盛世，当时宋仁宗在位，对外主和，对内发展生产，激励文艺创作与传播，文人士大夫的社会地位得到史无前例的提升，与此相应，他们的社会责任感与参政热情也空前高涨。另一方面，北宋王朝的阶级矛盾和民族矛盾日益显现，官僚士大夫们纷纷要求改革，文人以国家栋梁自居，意气风发地发表政见。“开口揽时事，议论争煌煌”是当时文人特有的精神面貌，论政、论兵、论史、论道，成了其时文章的重要内容。

胸中有丘壑的苏洵生逢其时。在一个相对太平的时代，也是作为封建文人最好的时代，他阅尽山河壮丽，尝尽人生百味，抒发了政治理想，留下了名篇佳作，获得了丰富而圆满的生命体验。作为一个顺境中走来、又未能突破逆境的人，他没有“先天下之忧而忧”的责任感，也没有“后天下之乐而乐”的大智慧，其评议也终究不能超越时代与阶层的局限，苏洵一生，恰是“阴晴圆缺”的辩证统一。

一千年以后，苏洵最为人津津乐道的作品，是他的两个儿子，苏轼与苏辙。为他们命名时，苏洵展现了逻辑大师的本色。

“轼”是古代车前用作乘车人扶手的横木，和车轮、车辐、车盖、车轸相比，轼仿佛没什么作用，可如果一辆马车没有车上扶手的横木，又总让人觉得不完整。于是，这个没有实际作用的“轼”，就只剩下装饰的作用了。苏洵希望苏轼能够察言观色，波澜不惊，遇事不要冲动，对人不能过于直率。

至于苏辙之“辙”，他在《名二子说》中解释，天下的车没有不顺着辙走的，虽然论功劳，车辙是没份的，但如果车翻马毙，也怪不到辙的头上。虽然“辙”不易致福，却也难以招灾。

苏洵或许并没有想到，这精心谋划的两个名字，竟真的为两个男孩日后的命运埋下了伏笔。

同为才子的苏轼与苏辙，没有相煎何急，更休提手足不睦，苏轼未曾恃才傲物，苏辙也没有成为嫉妒的化身，他们互为知己，生死与共，一同诠释了什么是“兄弟”。

苏辙：

不只是苏轼的弟弟

1

苏辙，可能是世界上最好的弟弟。

拥有一个优秀的哥哥，是骄傲，或许也有无奈。岁月流逝，物换星移，哥哥在文艺世界中的光环愈发耀眼，经过了漫长岁月历代读者的反复品味，他已经成为一枚独一无二的文化符号，而苏辙的名片上渐渐只剩下了一句——“我的哥哥是苏轼”。

哥哥的光环基于实力。无论揶揄他不拘格律时常“破韵”，或是感慨他下笔从无章法与套路可循，难以琢磨不可模仿，都不能改变一个事实，他就是北宋文坛最亮的星，而且是罕见的全能型选手，诗、词、散文无一不精，他像一位寂寞的武林高手，触及了高处不胜寒的境界，又能放下包袱行走人世间，一蓑烟雨任平生。

命运交给苏辙的第一道题目，是如何做苏轼的弟弟。

他与哥哥一起，在故乡眉山的山水怀抱中，度过了一心只读圣贤书的少年时。18岁那一年，苏辙与父亲和兄长结伴来到了汴京，揭开了“三苏”名震天下的序幕。1057年，21岁的苏轼和18岁的苏辙同榜题名考中进士，苏辙因为在应试文章中直言不讳地批评朝政，错失了名列前茅的机会，但无论如何，他们携手为科举史写下了非凡的一页。

眉山的日子宁静而悠长，但汴京气候多变风云诡谲，从眉山男孩成长为北宋臣子，两兄弟还有很长的路要走。

他们的天赋个性与人生轨迹，也恰好印证了名字的寓意。

“轼”是古代车前用作乘车人扶手的横木，仿佛没有实际作用，却又不可或缺。老爸苏洵寄望这根用于装饰的“轼”，能够低调自知，遇事冷静。

至于苏辙之“辙”，虽然天下的车没有不顺着辙走的，论功劳，车辙却是没有份的，但如果车翻马毙，也怪不到辙的头上。毫不起眼的“辙”，往往却能保全自身。

苏洵是这样一个热爱旅行、爽朗直率的老爸，谋划两个儿子的未来也煞费苦心，虽然自己未能考取功名，但博古通今、善于思辨，深知个人于时代之微渺，他似乎预知了两个儿子步入仕途后那份身不由己的无奈。

人如其名，苏轼才华盖世锋芒毕露。是不断地认知自我与挑战自我，对未知世界的好奇和对人生起伏的豁达，成就了他文学创作的高度。自信与自由是他的座右铭，低调与冷静是他最难做到的事。

好在他并不孤单。因为他身边有苏辙。身为弟弟的苏辙就像那一道沉默的车辙，少年老成，性格坚毅，苏轼一次次主动或被动地站到了风口浪尖，而苏辙甘当哥哥的守护者，成为他最坚强的后盾。

他们相互理解，彼此信任，自幼形影不离感情深厚，在成年以后的宦海沉浮中，却不得不各奔东西，饱尝分别之苦。两兄弟在漂泊不定的人生旅途中遥遥相望，以诗词唱和慰藉相思，如林语堂在《苏东坡传》中所言：往往为了子由，苏东坡才能写出最好的诗。

1056年，苏轼与苏辙赴京应试途中曾寄宿奉贤僧舍并题诗僧壁。五年后，苏轼赴任凤翔签判，再过渑池，苏辙作《怀渑池寄子瞻兄》一诗寄予兄长，追忆往昔一路相伴的时光，感慨流年似水，而时过境迁，兄长如今只能独游，还要独自面对茫然不可知的前途，骓马走累了尚可鸣嘶，尘世中的人面对命运是多么无能为力。依依不舍的离别之情尽在字里行间，对哥哥的牵挂与思念，苏辙从不掩饰。

怀渑池寄子瞻兄

相携话别郑原上，共道长途怕雪泥。
归骑还寻大梁陌，行人已度古崤西。
曾为县吏民知否？旧宿僧房壁共题。
遥想独游佳味少，无方骓马但鸣嘶。

苏辙的诗，像一个引子，牵出了苏轼那一首令人拍案叫绝的《和子由渑池怀旧》。

和子由渑池怀旧

人生到处知何似，应似飞鸿踏雪泥。
泥上偶然留指爪，鸿飞那复计东西。
老僧已死成新塔，坏壁无由见旧题。
往日崎岖还记否，路长人困蹇驴嘶。

到底是苏轼，致力于化腐朽为神奇的苏轼，于漫不经心的闲话平生中，完成了从“共道长途怕雪泥”到“应似飞鸿踏雪泥”的转折。往日时光中的点点滴滴，都值得珍惜铭记，但毕竟一去不返，何必沉湎其间不可自拔。过往的足迹，无论轻松或是艰难，于漫长一生，都是如“飞鸿踏雪泥”一般的偶然影迹，作为世界的旅人，始终还是要面对未来，思考未知。他提醒苏辙别忘了路长人困的事实，而所有顺利与崎岖，也都将成为过眼云烟。

珍藏回忆而并未给回忆添加滤镜，让苏轼成为苏轼。

但贯穿于苏轼一生中那始终不变的豁达，离不开苏辙在背后的默默支持。回想当日金榜题名时，兄弟二人曾被视为冉冉升起的政坛新星，令朝堂上下为之振奋，连宋仁宗都欣喜感叹“吾今又为吾子孙得太平宰相两人”，但造化弄人，在此后数十年的官宦生涯中，两人经历了新旧党争，几番贬谪，为人直言不讳的苏轼与政治风波多有牵连，还曾因乌台诗案入狱，每当苏轼身处危难，苏辙都毫无怨言地奔走照顾，苏轼每每能以不变的豁达应对复杂的人生，因为苏辙就是他的底气。

身为哥哥的苏轼，负责光芒四射洒脱不羁，而身为弟弟的苏辙，承担了更多守护家人的责任。他知道他的哥哥是个天才，也知道该如何去成就一个天才。

苏轼的笔端从不吝表达对苏辙的感激与敬重。“嗟予寡弟兄，四海一子由。岂独为吾弟，要是贤友生。”“手足之爱，平生一人。抚我则兄，诲我则师。”苏辙于他，是亦师亦兄、世间无二的知音。

在两两相望的日子里，怀念苏辙是苏轼创作的重要缘由。脍炙人口的中秋词杰作《水调歌头·明月几时有》，题记便是对苏辙的表白，“丙辰中秋，欢饮达旦，大醉。作此篇，兼怀子由。”

那些年的苏轼，因为与当权的变法者王安石等人政见不同，自求外放，辗转在各地为官。他曾经要求调任到离苏辙较近的地方为官，以求兄弟多多聚会，但这个心愿始终无法实现。1076年中秋之夜，苏轼面对当空皓月，怀想已暌违七年的苏辙，情意饱满笔墨酣畅，写下了这一首中秋词的巅峰之作。

但愿人长久，千里共婵娟。是自勉，也是安慰和鼓励子由。

第二年，苏辙送苏轼赴徐州任，在徐州相聚的日子里，他写下了组诗《逍遥堂会宿（二首）》，依然是怀旧，梳理兄弟半生离别，感伤之情愈发深切。

逍遥堂会宿（二首）

（辙幼从子瞻读书，未尝一日相舍。既仕，将宦游四方，读韦苏州诗至“安知风雨夜，复此对床眠”，恻然感之，乃相约早退，为闲居之乐。故子瞻始为凤翔幕府，留诗为别曰：“夜雨何时听萧瑟？”其后子瞻通守余杭，复移守胶西，而辙滞留于淮阳、济南，不见者七年。熙宁十年二月，始复会于澶濮之间，相从来徐，留百馀日。时宿于逍遥堂，追感前约，为二小诗记之。）

其一

逍遥堂后千寻木，长送中宵风雨声。

误喜对床寻旧约，不知漂泊在彭城。

其二

秋来东阁凉如水，客去山公醉似泥。

困卧北窗呼不醒，风吹松竹雨凄凄。

“不知漂泊在彭城”“风吹松竹雨凄凄”。与无理由豁达的苏轼相比，苏辙的诗中总是萦绕着悲观与无奈，是心甘情愿为哥哥遮蔽风雨，让他对于客观世界有了更清醒的认知，也是多年如一日地担负责任，让他有了老成持重的心性。

苏轼对苏辙的付出是感激的，他将自己的心意写在了诗里，那是一个文豪最珍贵的礼物。

是处青山可埋骨，他年夜雨独伤神。

与君世世为兄弟，更结来生未了因。

“安知风雨夜，复此对床眠”，兄弟团圆的心愿，在生前未能，死后终得实现。苏轼去世后，苏辙在颍川闭门著书11年，于宋徽宗政和二年去世，享年74岁。兄弟二人合葬于河南郏县小峨眉山下，再也不必为对方的独自伤神而忧心了。

同为才子的苏轼与苏辙，没有相煎何急，更休提手足不睦，苏轼未曾恃才傲物，苏辙也没有成为嫉妒的化身，他们互为知己，生死与共，一同诠释了什么是“兄弟”。

《宋史·苏辙传》中如此评价这段兄弟情：

辙与兄进退出处，无不相同，患难之中，友爱弥笃，无少怨尤，近古罕见。

2

苏辙，不只是苏轼的弟弟。

作为苏轼的弟弟，他必须付出更多的努力，才能够不被遗忘在时光中。

苏辙也确实做到了，唐宋八大家，他与父兄齐名，合称“三苏”。

苏辙生平学问深受其父兄影响，尤其秉承父亲苏洵的散文观，擅长政论和史论。

他十九岁写下《上枢密韩太尉书》，直指作文者需有“浩然之气”“周览四海”“交游豪俊”，仿佛是又一个少年苏洵从字纸间意气风发走来。

辙生好为文，思之至深。以为文者气之所形，然文不可以学而能，气可以养而致。孟子曰：“我善养吾浩然之气。”今观其文章，宽厚宏博，充乎天地之间，称其气之小大。太史公行天下，周览四海名山大川，与燕、赵间豪俊交游，故其文疏荡，颇有奇气。此二子者，岂尝执笔学为如此之文哉？其气充乎其中而溢乎其貌，动乎其言而见乎其文，而不自知也。

《三国论》则立意新颖，抑扬顿挫，可见受诗文革新的影响之深。

天下皆怯而独勇，则勇者胜；皆暗而独智，则智者胜。勇而遇勇，则勇者不足恃也；智而遇智，则智者不足恃也。夫惟智勇之不足以定天下，是以天下之难蜂起而难平。盖尝闻之，古者英雄之君，其遇智勇也，以不智不勇，而后真智大勇，乃可得而见也。

苏辙也擅长记叙与杂议。《黄州快哉亭记》借景抒怀，以三国风流人物的胸襟来破解“快哉”的真意，而更深的内涵是劝慰所有失意者，赞赏胸怀旷达的造亭者张梦得，鼓舞身处逆境中的哥哥苏轼。

盖亭之所见，南北百里，东西一舍。涛澜汹涌，风云开阖。昼则舟楫出没于其前，夜则鱼龙悲啸于其下，变化倏忽，动心骇目，不可久视。今乃得玩之几席之上，举目而足。西望武昌诸山，冈陵起伏，草木行列，烟消日出。渔夫樵父之舍，皆可指数。此其所以为快哉者也。至于长洲之滨，故城之墟，曹孟德、孙仲谋之所睥睨，周瑜、陆逊之所骋骛，其流风遗迹，亦足以称快世俗。

苏辙在苏轼的光环下笔耕不辍，留下了《诗集解》《春秋集解》《老子解》《诗论》等著作，总共94卷。

没有人比苏轼更了解苏辙的为文为人，他曾在《答张文潜书》中这样评价：

> 子由之文实胜仆，而世俗不知，乃以为不如。其为人深不愿人知之，其文如其为人，故汪洋澹泊，有一唱三叹之声，而其秀杰之气终不可没。

他一生追求理想，到最后却只能感叹被理想“误了终身”，但如果能够重新选择，王安石也依然会是王安石，他心中理想主义的火花不灭，他笔下的真性情自然流动。

王安石：

我这个怪人，有点天真

1

选择即命运。

王安石本可以像很多前辈一样，做一位太平宰相，但他偏不。

北宋初年的理想主义，在王安石的身上，得到了延续和发扬。

北宋熙宁年间，时任宰相的王安石，发动了一场旨在改变北宋建立以来积贫积弱局面的社会改革运动。

从此，王安石的个人名片，已无需赘述，简短的五个字，足以确立他在历史上的地位——王安石变法。

变法自熙宁二年（1069年）开始，至元丰八年（1085年）宋神宗去世结束，故亦称熙宁变法、熙丰变法。

王安石变法以发展生产，富国强兵，挽救宋朝政治危机为目的，以“理财”“整军”为中心，涉及政治、经济、军事、社会、文化各个方面，是中国古代史上继商鞅变法之后又一次规模巨大的社会变革运动。

变法一定程度上达成了目标，充实了政府财政，提高了国防力量，对封建地主阶级和大商人非法渔利也进行了打击和限制。

但是，变法在推行过程中，由于部分举措的不合时宜和实际执行中的不良运作，也造成了百姓利益受到不同程度的损害（如保马法和青苗法），加之新法触动了大地主阶级的根本利益，所以遭到他们的强烈反对。

元丰八年（1085年），王安石变法因宋神宗去世而告终。

为理想鞠躬尽瘁的王安石，最终黯然退出了历史舞台。

王安石一生的抱负不在于文学，他的才能也不局限于诗词文章。但作为一个公认的倔脾气学问家，在那样一个诗文革新的大时代，他不可能置身事外。

唐宋八大家，是王安石名片的另一面。

他的文学创作，与其政治活动紧密关联，也丝毫不令人意外。王安石主张文学的作用首先在于为社会服务，强调文章的现实功能和社会效果，是“文以载道”精神的延续和强化。他的散文创作忠实地贯彻了他的文学理念，以揭露时弊、反映社会矛盾为主旨，以阐明其政治观点为最终目的。

王安石的散文代表作《游褒禅山记》，是他文学主张的最佳诠释。

文章名为游记，实则内含一段迂回曲折的心路历程。王安石开门见山指出了褒禅山的命名由来，一针见血地纠正谬误，而后叙述游览的经历，平淡无奇的前洞一笔带过，而连“好游者也不能穷也”的后洞则是此行真正的精髓所在，“其进愈难”，而“其见愈奇”，果然是引人入胜的境界，可惜自己明明体力尚佳却跟随同伴一起早早退出游览，有了不能“极夫游之乐”的遗憾，至今回想仍追悔莫及。

以上叙述皆为铺垫。在充分地铺陈了褒禅山的奇境，烘托了自己的心境后，王安石借这一段或许在众人眼中不过是寻常的经历，抒发了一段质朴坦诚的内心独白，他一生的选择与经历似乎都可于其间找到线索。

> 古人之观于天地、山川、草木、虫鱼、鸟兽，往往有得，以其求思之深，而无不在也。夫夷以近，则游者众；险以远，则至者少。而世之奇伟瑰怪非常之观，常在于险远，而人之所罕至焉，故非有志者，不能至也。有志矣，不随以止也，然力不足者，亦不能至也。有志与力，而又不随以怠，至于幽暗昏惑而无物以相之，亦不能至也。然力足以至焉，于人为可讥，而在己为有悔；尽吾志也，而不能至者，可以无悔矣，其孰能讥之乎？此余之所得也。

世之奇伟、瑰怪，非常之观，是王安石的追求，而常在于险远，他无所畏惧，于是治学如此，做人如此，作文如此，改革亦如此。

《游褒禅山记》问世四年后，王安石进京述职，作长达万言的《上仁宗皇帝言事书》，系统地陈述了变法主张，提出对宋初以来的法度进行全盘改革，革除北宋存在的积弊，扭转积贫积弱的局势。

2

王安石一生的文学实践，也印证了其政治改革的起伏曲线。

《元日》记叙了变法伊始的新气象。

元日

爆竹声中一岁除，春风送暖入屠苏。
千门万户曈曈日，总把新桃换旧符。

“总把新桃换旧符”是王安石的理想，“千门万户曈曈日”这样欣欣向荣的光景是终极体现，但美好的时光总是走得最急，理想从短暂实现到迅速消亡，王安石的心绪也历尽千回百转。

他曾以商鞅自比，表明自己推行改革的决心。

商鞅

自古驱民在信诚，一言为重百金轻。
今人未可非商鞅，商鞅能令政必行。

宋人是不大在词中品议时事抒写志愿的，可王安石的《桂枝香·金陵怀古》，借古喻今，气势磅礴而胸怀沉郁，因为其词恰如其人，而令人感慨万千。

桂枝香·金陵怀古

登临送目，正故国晚秋，天气初肃。千里澄江似练，翠峰如簇。归帆去棹残阳里，背西风、酒旗斜矗。彩舟云淡，星河鹭起，画图难足。

念往昔，繁华竞逐，叹门外楼头，悲恨相续。千古凭高，对此谩嗟荣辱。六朝旧事随流水，但寒烟衰草凝绿。至今商女，时时犹唱，《后庭》遗曲。

六朝古都金陵，见证了古今多少兴衰。从三国时期东吴建都起，东晋、宋、齐、梁、陈先后在此建都。直至宋朝，万家灯火的金陵，仍然延续了千古风流。词作从金陵非凡的地理面貌起笔，宕开“千里澄江似练”的壮阔气势，指出面前是一幅“画图难足”的繁盛景象，而下阙从遥想往昔回归“寒烟衰草凝绿”的凉薄秋意，化用了杜牧“商女不知亡国恨，隔江犹唱后庭花”的名句，道出了自己对北宋现状的忧愤不满。

江山依旧，世事变迁，在喧哗表象下嗅到时代的危机，在纸醉金迷中独自清醒，可惜胸怀抱负却无力施展，这样的词句不属于缠绵的柳永，不属于清空的姜夔，只属于心忧天下的王安石。他让宋词“一洗五代旧习”，突破了依附于音乐而存在的狭小天地，而开拓了以志趣与精神引领的壮阔意境。

只是他的忧虑，在当时有几人能懂?

《千秋岁引・秋景》是更深沉的自怜。

千秋岁引・秋景

别馆寒砧，孤城画角，一派秋声入寥廓。东归燕从海上去，南来雁向沙头落。楚台风，庾楼月，宛如昨。

无奈被些名利缚，无奈被他情担阁。可惜风流总闲却。当初谩留华表语，而今误我秦楼约。梦阑时，酒醒后，思量着。

他一生追求理想，到最后却只能感叹被理想“误了终身”，但如果能够重新选择，王安石也依然会是王安石，他心中理想主义的火花不灭，他笔下的真性情自然流动。

回望，是王安石留给长江的隽永姿态。京口与瓜洲，恰在隔江相望的镇江与扬州。那年春天，他从镇江扬帆北上，到达长江北岸时，写下了著名的《泊船瓜洲》。此时江南正值江花红胜火、江水绿如蓝的醉人时刻，他却身不由己渐行渐远，回望，是因为留恋，还乡，却遥遥无期，夜深人静，满腔离愁只能托付于明月，清新质朴的诗句也成为后人寄托思乡之情的载体。

但他毕竟是格局宽广之人，故园情结、儿女情长不是他生命的主题。泊船瓜洲，意味着怎样的人生转折，所有未来的甘甜或苦涩，他都有勇气与毅力承受，而拜托清风明月保管的，是那一份历经世事沧桑后依然不泯的天真。

王安石的回望已然千年，仿佛神来之笔的“绿”字仍在被老师与学者们玩味。春风是天才画匠，信手点染，江南好风光便跃然纸上。

一千年以后，那些纷纷扰扰都成了浮云，惟有王安石的认真与天真，留在了朗朗书声中。

南丰先生的生命里，没有怨念，没有不甘，没有绯闻，甚至没有争议，他是一个自律到近乎无趣的人，在那些甘苦交错的岁月里，或许内心也曾泛起涟漪，但都被他深深收藏，不为人知。他默默肩负起命运交付的所有责任，完成了个人利益与家国需求的平衡，他不是光芒四射的明星，却是可以信任的中流砥柱。

曾巩：

像我这样的朋友

1

文学需要锋芒毕露，但曾巩的锋芒是内敛的。

不事张扬如曾巩，却稳稳跻身“唐宋八大家”之列，无论是否服气，就算印象模糊，也都得记住这个名字。

这个总在最后一刻填出来的名字，在一千年以前并不缺乏存在感。其人恰如其名，平静稳重，在历经磨砺的一生中保持冷静与克制，不断巩固自己的文坛地位，终究获得了理智的圆满。

文学需要浪漫恣意，而曾巩人生的主题，偏偏是责任。

他出生于江西南丰著名的耕读世家，曾氏世代勤劳耕作、知书达理，曾巩的祖父曾致尧、父亲曾易占都是按部就班考中进士而后走上仕途，那是当世大多数文人学子的选择。如无意外，自幼便以天资颖悟闻名的曾巩，也将复制他们的人生道路——学而优则仕。

那也的确是一个适合奋发图强的时代。北宋与辽国缔结澶渊之盟后，双方多年不再有大规模战事，平稳的局势为休养生息创造了条件，发展经济与选拔人才成为北宋王朝政务的重心，少年曾巩生逢此时，仿佛拿着前程似锦的剧本，只待那个一举成名的时刻。

少年也不负父祖辈的期望，年幼时已有勤学苦读、出口成章的美名，后来随任职地方的父亲在外游学，亦能废寝忘食孜孜不倦。18岁随父赴京，曾巩凭借一手好文章结交了王安石，还成为文坛领袖欧阳修的门生。“过吾门百千人，独于得生为喜”，欧阳修毫不掩饰对曾巩的偏爱。一举步入汴京文坛朋友圈的曾巩，擅长的是摆事实讲道理的策论，对于应试文章，他并不在意，或许也有不屑，虽然声名在外，科考却一再落第。

但这对于手握着优质资源的少年来说，只是生活中小小的不如意，真正的考验还没有来到。

十年转瞬即逝，父亲突然病故，曾巩一生中最无忧无虑的时光戛然而止。养家糊口的重任落到了曾巩的肩上，他告别了汴京的风花雪月，回到南丰侍奉继母抚育弟妹，心中或许也有不舍，文学，功名，为官一方造福于民，都是他的追求，但此刻，他责无旁贷。

生活的境况一落千丈，只能凭借双手的劳动去丰衣足食。在物质的保障之外，曾巩还必须担任一个大家庭的精神导师，以身作则来坚定全家人的信念。

艰苦奋斗又十年。1057年，38岁的曾巩带着弟弟曾牟、曾布，和堂弟、妹婿等，一行六人进京赶考，全部考中进士，至此，南丰曾氏三代出了进士19位。同榜题名的新科进士，还有20岁的苏轼和18岁的苏辙。

那是曾巩一生的巅峰时刻，但于他而言，这更多意味着责任的完成。

38岁金榜题名，与20岁一鸣惊人，大不相同。

20岁的苏轼，拥有旷世的才情与洒脱的个性，成为新一代文坛领袖的最有力竞争者。38岁的曾巩，事实上早已退出了这一场竞逐。在尝尽了生活艰辛与世态炎凉后，他成了一个沉稳内敛的人，他的锋芒向内，转化为流动在每一篇文章里冷静的判断、理性的思考、分明的逻辑和敦厚的语句。

一个人的名利得失，不再是他的追求，“南丰先生”的肩上，担当着一个家族的荣誉，治学勤勉、自律严格的他，也终究成了文人士大夫高尚人格的表率。

作为北宋诗文革新运动的骨干，他的创作主张与欧阳修一脉相承，提倡“先道后文，文道结合”。他的散文大都是“明道”之作，文风自然清新，章法严谨，是后辈学习散文写作的理想范文。

他在《寄欧阳舍人书》中明确了“文以载道”的观点。这是一封写给恩师欧阳修的书信，感谢欧阳修为其祖父撰写碑铭，叙述了碑铭的作用与流传的条件，坦诚地抒发了自己对于“道德与文章兼胜”的追求。

然则孰为其人而能尽公与是欤？非蓄道德而能文章者，无以为也。盖有道德者之于恶人，则不受而铭之，于众人则能辨焉。而人之行，有情善而迹非，有意奸而外淑，有善恶相悬而不可以实指，有实大于名，有名侈于实。犹之用人，非蓄道德者，恶能辨之不惑，议之不徇？不惑不徇，则公且是矣。而其辞之不工，则世犹不传，于是又在其文章兼胜焉。故曰，非蓄道德而能文章者无以为也，岂非然哉？

作者借碑铭能否流传的探讨，阐述了“蓄道德”与“能文章”的内在联系，说理如抽丝剥茧，逻辑分明，条理清晰，全文由远及近，由泛论而转入对欧阳修的感谢，表达感激却又不曾言谢，真挚诚恳而无谄媚之嫌，恰是致谢的最高境界吧。

2

曾巩与苏轼的区别，在于“有法”与“无法”。

苏轼作为不世而出的文艺全能选手，诗词文章多出自天赋的才华，从不循规蹈矩，因为填词时而破韵，还曾被李清照揶揄为“不通音律”。苏轼的文章，也以“无法”而著称，对于苏轼那样的天才而言，那是他对于更高文学层面的攀登，但对于后世文人，这种高难度的创作，难以学习模仿。

曾巩的文章，却是可以拆解、可以临摹，也有可能超出的范本。所以后世学曾巩的人多，学苏轼的人少。

曾巩的每一篇文章，都有清晰的条理，而他的文集，也有完整的体系。他自入仕后曾担任典籍校理之职，其后长期任职地方，兜兜转转，阅尽民生多艰，而以文字记录，他的生活与文学紧密结合，历代百家学说与当世风土人情，是他作文的两大题材。

《越州赵公救灾记》记录了熙宁八年、九年吴越饥疫兼作之际，时任地方官员赵抃在救灾中表现出卓越的见识和吏治才能。

> 州县吏录民之孤老疾弱不能自食者二万一千九百余人以告。故事，岁廪穷人，当给粟三千石而止。公敛富人所输，及僧道士食之羡者，得粟四万八千余石，佐其费。使自十月朔，人受粟日一升，幼小半之。忧其众相蹂也，使受粟者男女异日，而人受二日之食。忧其流亡也，于城市郊野为给粟之所凡五十有七，使各以便受之而告以去其家者勿给。计官为不足用也，取吏之不在职而寓于境者，给其食而任以事。不能自食者，有是具也。能自食者，为之告富人无得闭粜。又为之官粟，得五万二千余石，平其价予民。为粜粟之所凡十有八，使籴者自便如受粟。又僦民完城四千一百丈，为工三万八千，计其佣与钱，又与粟再倍之。民取息钱者，告富人纵予之而待熟，官为责其偿。弃男女者，使人得收养之。

如此客观翔实的表述，来自脚踏实地的调查采访。曾巩走访越州民间，收集了真实具体的素材，陈述了灾情，肯定了救灾的业绩，作为总结救灾经验的参考。在叙事的基础上议论，赞美了赵抃的吏才与吏德，而终究还是要以此为后人提供借鉴。

治学严谨的他还有一个习惯，每整理完一书，他都认真作序，辅以渊博的学识和精妙的文笔，竟然都成了散文精品。《战国策目录序》对修订《战国策》等历代文献的意义作了有理有据的解答。

《宋史·曾巩传》评论其文“立言于欧阳修、王安石间，纡徐而不烦，简奥而不晦，卓然自成一家，可谓难矣”。“纡徐”恰是曾巩文章的特质，他的文章，无论记事、记人、记物，大多由远及近、由表及里，不紧不慢，从容表达，在他习惯的节奏里娓娓道来，叙事不流于表面，说理循循善诱，以平和庄重的文字里塑造了自己“词严而理正”的形象，其人与其文得到了自然而亲切的结合。

明代万历年间，茅坤编《唐宋八大家文钞》，全书164卷，收文1450篇，多次再版，在明代后期文坛上引起了轰动。《四库全书总目》称：“世传唐宋八家之目，肇始于是集。”“唐宋八大家”这一称号，就是从此流传开来的。

清代著名学者张伯行选编的《唐宋八大家文钞》，收录的316篇作品中，曾巩的文章高达128篇，几乎等于同书其余宋五大家选文的总和。

曾巩的诗也如文章，没有让人眼花缭乱的典故，只在平淡质朴的叙事中，讲述浅显易懂的道理。

咏柳

乱条犹未变初黄，倚得东风势便狂。

解把飞花蒙日月，不知天地有清霜。

城南

雨过横塘水满堤，乱山高下路东西。
一番桃李花开尽，惟有青青草色齐。

钱钟书评价，“就八家而论，他的诗远比苏洵、苏辙父子的诗好，七言绝句更有王安石的风致。”

王安石对曾巩的钦佩发自肺腑，“曾子文章众无有，水之江汉星之斗”，“爱子所守卓，忧予不能攀。”

曾巩的一首《江上怀介甫》足以回报这份情谊。

江上怀介甫

江上信清华，月风亦萧洒。
故人在千里，樽酒难独把。
由来懒拙甚，岂免交游寡。
朱弦任尘埃，谁是知音者。

王安石为了政治抱负挣扎于风口浪尖之上，那是长期任职地方的曾巩不曾有过的体验，但王安石一生认定的知音，唯有曾巩。

济南大明湖北岸有座南丰祠，纪念的便是曾巩。曾巩于北宋熙宁年间做了两年多的齐州知州，任上清严而有治绩，还写下大量咏赞济南山水风物的诗文，因此被世代济南人所怀念所敬奉。

南丰先生的生命里，没有怨念，没有不甘，没有绯闻，甚至没有争议，他是一个自律到近乎无趣的人，在那些甘苦交错的岁月里，或许内心也曾泛起涟漪，但都被他深深收藏，不为人知。

他默默肩负起命运交付的所有责任，完成了个人利益与家国需求的平衡，他不是光芒四射的明星，却是可以信任的中流砥柱。

徜徉在文学的世界里，你会向往如苏轼一般有趣的灵魂，或是像辛弃疾一样奔放的人生，但在真实的生活中，你一定更想要拥有一位曾巩这样的兄长、朋友和老师，在每一个寂寞的夜晚，你都在期待他的到来，期待那些超越世俗的推心置腹。

第3辑

诗家

与主流社会的名利场保持清醒的距离，且以才华与人格赢得了来自彼岸的尊重。这样的林逋，孑然独立于北宋的文艺星空中，不是最亮的那一颗，却闪烁着别样的光芒。

林逋：

独处的境界

1

一个人也要好好生活，不是现代人的专利。一千年前的林逋，已作出诗意的示范。

那是一幅缥缈若仙的画面：面朝西湖，结庐孤山，驾一叶扁舟逍遥游，如有客至，便有童子纵鹤放飞，隐者见鹤即翩然归来。小舟、童子、仙鹤与行踪飘忽不定的主人公，一同构建了中国传统文化所独有的“只可意会”之美，余韵袅袅而千古不绝。

主人公林逋深谙中国画留白之道，他特立独行却只留下影影绰绰的踪影，任后世之人在吉光片羽的记载中猜想他的面貌。

他生于北宋初年，年少时潜心苦读，诗词书法无所不精，也因才学而为人孤傲。学而优则仕，是那个时代读书人的最佳出路，也似乎是实现个人抱负的唯一途径，博学多才的林逋却不愿将年华付诸仕宦生涯。少无适俗韵，性本爱丘山，陶渊明的诗，也可以概括林逋的情志，但不同的是，陶公是在历经游宦后归园田居，而早慧的林逋，从一开始便决定了自己的生活方式，宁可于湖山之间“虚度”光阴，也不愿在宦海苦闷浮沉，与其备受功名之羁绊，不如与梅鹤相伴，此后一生中，无论世事变迁，即使度日清贫，都不曾动摇他的意念。

他的生活做减法，只结交志同道合之人。他遍游西湖寺庙，与高僧诗友酬唱，兴之所至可以清谈终日，而志趣不相投的人，即使身份显贵也只能吃闭门羹。宋真宗曾听闻林逋其人品格，赏赐粟帛，并诏告当地官员多加关照，林逋也未曾沾沾自喜。

他从不敝帚自珍，随手作诗随手丢弃：“我方晦迹林壑，且不欲以诗名一时，况后世乎？”在他看来，在现世里都不屑于一时的名利，难道还寄望名垂千古吗？

他看透浮华，而热爱自然。足迹遍及江淮，但无心流连于繁华都市，湖光山色的怀抱才是他真正的归宿。“然吾志之所适，非室家也，非功名富贵也，只觉青山绿水与我情相宜。”

他不仅淡漠功名富贵，也无意于儿女情长。他不仕也不娶，与世俗生活做了彻底的决裂，安居于风光旖旎的西湖之畔，植梅养鹤，自称“以梅为妻，以鹤为子”，为西湖留下了一段“梅妻鹤子”的佳话。

在每一年的年初立下一个小目标，并不难，但终生坚定地守护自己的选择，绝非易事。林逋出世但并未与世隔绝，因为声名远扬，也结交了范仲淹、梅尧臣等文化名流，常被规劝学以致用、出仕为官，他一概婉言谢绝，既为知音，吟诗唱和可以，功名利禄莫谈。

正值盛年的北宋，容得下一个“梅妻鹤子”的传说，彼时的国家，正处于政治清明、国力强盛的上升期，文艺的花园空前繁盛，作为隐逸派诗人的代表，林逋不迎合、非主流，却得到了应有的尊重，他的诗清而不寒，他的生活孤寂但并不落寞。因为他的独处，是于太平盛世中主动的选择，而非天涯沦落时被迫的谋生。

当时的丞相王随、杭州郡守薛映均敬其为人，又爱其诗，时常前往孤山与他唱和，并赞助银两帮助他重建新宅。范仲淹、梅尧臣等人也曾与他互赠诗篇。

没有烦冗俗务缠身，没有寄人篱下之苦，也没有怀才不遇之怨，连“当时已惘然”的遗憾，都被林逋拒之门外，这样一份理智的心性，和发乎自然、培育于诗词的审美主张，让林逋的独处显得自在从容。

2

当日林逋种了多少株梅，并不重要。

当日林逋写了多少首诗，也未可知。据言有心人悄悄记录，让他的诗作有300余首传世。

经历了多少岁月沧桑和时间检阅后，他最为人知晓和称道的诗，写给自然界的知己，也写给自己。

山园小梅（二首）

其一

众芳摇落独暄妍，占尽风情向小园。
疏影横斜水清浅，暗香浮动月黄昏。
霜禽欲下先偷眼，粉蝶如知合断魂。
幸有微吟可相狎，不须檀板共金樽。

其二

剪绡零碎点酥乾，向背稀稠画亦难。
日薄从甘春至晚，霜深应怯夜来寒。
澄鲜只共邻僧惜，冷落犹嫌俗客看。
忆着江南旧行路，酒旗斜拂堕吟鞍。

隔了一千年的时光，如今读来，依然能感觉到那一份自信、自知与自尊跃然字里行间。“众芳摇落独暄妍，占尽风情向小园”是有目共睹的姿态，“幸有微吟可相狎，不须檀板共金樽”则是内心的取舍，“剪绡零碎点酥乾，向背稀稠画亦难”是超凡脱俗的美丽，而“澄鲜只共邻僧惜，冷落犹嫌俗客看”则将这一份孤傲渲染到了极致。

其中最著名的“疏影”“暗香”一联，其实出自五代南唐江为的残句：“竹影横斜水清浅，桂香浮动月黄昏。”这两句既写竹，又写桂。但未写出竹影的特点，且没道出桂花的清香。因无题，又没有完整的诗篇，不见成熟的构思与细腻的刻画，于是湮没于锦绣诗篇的海洋中。林逋在其基础上点石成金，便在视觉、嗅觉与内心感受的多重维度中，形神兼备地塑造了梅花的形象与品格。

欧阳修说："前世咏梅者多矣，未有此句也。"辛弃疾奉劝文人墨客不要草草赋梅："未须草草赋梅花，多少骚人词客。总被西湖林处士，不肯分留风月。""疏影""暗香"二词，更成了后人填写梅词的调名，姜夔曾自度新曲名《暗香》《疏影》，抒写"旧时月色，算几番照我"的清幽梦境。

《山园小梅》成为咏梅的巅峰之作，因为林逋在写梅，更是在自喻，"疏影"恰是他擅长的留白，"暗香"是他固守的含蓄冷静之美，他爱梅，是因为在梅的身上看到了太多与自身相似的特质。林逋笔下的梅，健康丰满而美丽，没有自怜自艾，也不孤芳自赏，而是以独立、优雅的姿态完成自我。他与梅，已不分彼此。

另一首《孤山寺端上人房写望》也成为状物写景的典范。

孤山寺端上人房写望

底处凭阑思眇然？孤山塔后阁西偏。
阴沉画轴林间寺，零落棋枰葑上田。
秋景有时飞独鸟，夕阳无事起寒烟。
迟留更爱吾庐近，只待重来看雪天。

"暮色昏黄的时候，阴森森的树林里隐约有几所寺院，黯淡得像一幅退了颜色的画，而一块块架田又像棋盘上割了来的方格子，零星在水面飘荡。从林逋这首诗后，这两个比喻，尤其是后面一个，就常在诗里出现。"

钱钟书先生在《宋诗选注》中指出，“阴沉画轴林间寺，零落棋枰葑上田”比喻精妙，亦常被后世“借用”，而在这黯淡秋景中葆有“只待重来看雪天”的乐观，却是难以模仿的情志。

宋人为诗与词，画了一条清晰的分隔线。

诗言志，词言情。隐于湖山的林逋也遵从了这个守则。

他的词中，或许也有若明若暗的“信号”，折射那些不足为外人道的情感起伏。

相思令·吴山青

吴山青，越山青。两岸青山相送迎，谁知离别情？

君泪盈，妾泪盈。罗带同心结未成，江头潮已平。

没有千言万语的赘述，却在寥寥数笔间完成了内心的百转千回。他曾与谁相送迎，又为了什么而罗带同心结未成，后人不得而知，写词的人自认“江头潮已平”，而终究浪静风平，还是意难平，答案只有他自己知道吧。

放下，是林逋留给世界的姿态。

苏轼赞扬林逋的诗、书及人品并诗跋其书，曾在《书林逋诗后》说：“先生可是绝伦人，神清骨冷无尘俗。”黄庭坚则谓其书法高胜绝人，“予每见之，方病不药而愈，方饥不食而饱。”《四库全书总目》则点评：“其诗澄澹高逸，如其为人。”林逋书法存世作品仅3件，《自书诗帖》是其中篇幅最长者。

与主流社会的名利场保持清醒的距离，且以才华与人格赢得了来自彼岸的尊重。这样的林逋，孑然独立于北宋的文艺星空中，不是最亮的那一颗，却闪烁着别样的光芒。

当苏轼感慨着“长恨此身非我有，何时忘却营营”，当柳永叹息着“衣带渐宽终不悔，为伊消得人憔悴”时，“江头潮已平”的林逋在义无反顾的孤独中实现了一个人的圆满。

他开创了一种写诗的技法，让诗成为凡人也能看得见摸得着的事物，而非大诗人才能触及的月光星辰。

黄庭坚：

你快乐吗？

1

黄庭坚生于一个不谈理想的年代。

晏殊、范仲淹们所经历的黄金时代逐渐远去，此时的北宋，政治形势日趋严峻，在一个并不太平的世界里，一介书生的面前似乎只有两个选择，要么随波逐流，要么遗世独立。

随波逐流者往往被湮没在历史的河流中，遗世独立者却成就了“梅妻鹤子”的典范，并自成隐逸一派。两者都代表了极致的追求，也走向了截然相反的归宿。

人无法选择自己出生的时代，却能够决定人生价值的取向。聪明的黄庭坚，早就参透了名利皆浮云的道理，他保持独立与清醒，而并不彻底脱离世俗，为人作诗，始终在出世与入世之间寻求一种平衡。

七岁时，黄庭坚以一首《牧童诗》揭开了他一生文学之旅的序幕。

牧童诗

骑牛远远过前村，短笛横吹隔陇闻。

多少长安名利客，机关用尽不如君。

这是一个锋芒毕露的开篇。他的人生观、价值观，以及后来的文学主张于此诗中都可窥见雏形。诗里诗外，是一幅可以想象的画面：一个饱读诗书的男孩暗自羡慕着一个骑牛吹笛的男孩，顿时构成两种人生的对照，在此岸与彼岸之间徘徊挣扎，是人生最寻常的无奈吧。早慧的黄庭坚，将这种无奈拿捏得精准，在本该无忧无虑的童年，已然预见了自己将要面对的生活是什么样的画风。

或许是这份先见之明，让他在此后的人生中，一直能以平和的心态直面雨雪风霜。但少年也着实意气风发，作诗送友人赶考，字纸间尽是不慌不忙与自信从容。

送人赴举

青衫乌帽芦花鞭，送君归去明主前。

若问旧时黄庭坚，谪在人间今八年。

这样聪慧且勤奋的少年，考中进士不过是实至名归。年轻的黄庭坚毫无意外地加入了文人士大夫的队列。

但当时的文坛早有了公认的盟主——苏轼。备受欧阳修推崇的苏轼，是诗词书画的集大成者，他开启了宋词豪放派的新风，光芒无人能及，人格魅力更是深入人心。黄庭坚作为后辈，对于苏轼没有羡慕嫉妒和恨，他游学于苏轼门下，与张耒、晁补之、秦观合称“苏门四学士”，曾名噪一时。但时代的风浪不息，书斋雅集的静好岁月转瞬即逝，曾经惺惺相惜的知己忽然间天各一方漂泊无定，走着走着就散了，只有黄庭坚与苏轼的友谊历久弥坚，无论身处何种境地，距离多么遥远，“苏黄”始终是彼此的精神支柱，也一同成为宋诗风格的代言人。

苏轼的诗，气象开阔又蕴含哲思，但如神来之笔，只可膜拜，难以模仿。“不识庐山真面目，只缘身在此山中”“欲把西湖比西子，淡妆浓抹总相宜”，对于东坡先生来说，都不过是信手拈来，绝非冥思苦想所能得。

黄庭坚的诗，纯粹从艺术成就来说，或许不能与苏轼相提并论，却有着极其深远的影响力，因为他注重法度，说理严谨，构思细密，换言之，他开创了一种写诗的技法，让诗成为凡人也能看得见摸得着的事物，而非大诗人才能触及的月光星辰。

与高处不胜寒的苏轼不同，黄庭坚的诗务实、扎实，风格鲜明，章法可循。

诗歌，在那个不曾安稳的时代，在黄庭坚的笔下，开始由豪放转向内省。

2

注重写实、沉郁顿挫的杜甫，是黄庭坚的文学偶像，而黄庭坚本人，因为坚持不懈的创作实践和理论探索，成了诗坛的新一代领袖人物。

宋徽宗初年，吕本中作《江西诗社宗派图》，将以黄庭坚创作理论为中心而形成的诗歌流派命名为“江西诗派”，这是中国文学史上第一个有正式名称的诗文派别。

杜甫被奉为江西诗派之祖，而黄庭坚、陈师道、陈与义三人合称为诗派之“宗”，故有江西诗派的“一祖三宗”之说。先后归入“江西诗派”的诗人逾三十人，诗派中并不都是江西人，但都以黄庭坚的“点铁成金”“夺胎换骨”之说为创作理论，题材以吟咏书斋生活为主，重视文字的推敲锤炼。

诗如其人，黄庭坚的诗，用字、句法与章法皆严谨细密，甚至主张“无一字无来处”，在此基础上状物叙事，抒发内心真挚的情感。诗也终究是个人生活与思想的记录，他的处境与心态都在诗中和盘托出。

人到中年的黄庭坚，诗风日渐成熟，写于太和令任上的《登快阁》，集中体现了他的人生观与文学主张。

登快阁

痴儿了却公家事，快阁东西倚晚晴。

落木千山天远大，澄江一道月分明。

朱弦已为佳人绝，青眼聊因美酒横。

万里归船弄长笛，此心吾与白鸥盟。

诗人正被俗务所牵绊，而自然万物兀自辽阔远大，这是精妙的对比。起笔干脆利落，简短的“倚晚晴”使意境豁然开朗，这是对杜甫“注目寒江倚山阁”及李商隐“万古贞魂倚暮霞”的化用，师法前人而巧妙创新，引用典故又不着痕迹，无疑印证了其“点铁成金”“夺胎换骨”的创作理论。

在“倚晚晴”的铺垫与推动下，“落木千山天远大，澄江一道月分明”的对偶，虽精雕细刻无懈可击，却全然摆脱了匠气，只让人感到水到渠成的畅快，也因而成为宋诗的一声绝响。

伯牙绝弦，阮籍青眼，由一组深入人心的典故展开了更深一层的对照。友人远去，他已不再有抚琴吹箫的兴致；唯有见到美酒，才能短暂开怀。

但这种喜悦终究是轻飘而转瞬即逝的。万里归船，白鸥做伴，顺流而下的精彩转折道出了他理想中的洒脱境界，可惜在当下却只能远观而不能企及。一份自嘲，一份自怜，三十八岁的黄庭坚依然如同当日的江西男孩，走不出在出世与入世之间的那一份挣扎，难以摆脱世俗羁绊的他，只能在诗中抒写浪漫与现实的对立统一。

写于不惑之年的《寄黄几复》是他的另一首代表作。他是在表达对友人的思念，更是道出了那个时代里知识分子的普遍境遇。

寄黄几复

我居北海君南海，寄雁传书谢不能。

桃李春风一杯酒，江湖夜雨十年灯。

持家但有四立壁，治病不蕲三折肱。

想得读书头已白，隔溪猿哭瘴溪藤。

北海南海、寄雁传书，四立壁、三折肱，博采唐诗、宋词乃至《史记》《左传》中的典故，且将其改造为适合律诗的语言，全诗固守“无一字无来处”的原则，而反复运用“点铁成金”的技巧，执拗地践行着黄庭坚的诗歌创作理念，幸而情真意切，尺度合宜，并无生硬晦涩之感，只在那浑朴苍劲的字里行间，流露着深沉的思念与坦率的愤慨。

“桃李春风一杯酒，江湖夜雨十年灯”，无须言语与行动，仅在两组意象的堆集与映照中，已完成了从人生得意到天涯沦落的转换。一杯酒的欢畅与十年灯里的孤苦之间，隔着多少风尘仆仆与辗转流离，只有惺惺相惜之人才能懂得。以最通俗的事物与意境，形成了最强烈的艺术感染力，在当时评为“奇语”，也成了诗歌史上抒写友情的名句。

“想得读书头已白，隔溪猿哭瘴溪藤”，如今远隔万水千山，只能想象彼此在蹉跎岁月中熬白了头的模样，我虽也身不由己，却要为你的怀才不遇，鸣一声不平。

到底是黄庭坚。任凭风吹雨打，依然不改本色。

黄庭坚和他所代表的江西诗派，因为反对西昆派讲究声律和辞藻却浮华不切实际，于是努力在艺术技巧上进行新的探索。为了做到“点铁成金”“夺胎换骨”，他们常化用前人诗意而略改其词，而备受“抄袭”之争议，用词造句又崇尚瘦硬风格，偏爱冷僻典故，对“无一字无来处”和“争新出奇”的极致追求，让江西诗派走上了新的形式主义道路，清人方东树在诗论《昭昧詹言》中直言不可盲目效仿，“恐流入空滑，须慎之”。

无论如何，江西诗派是宋诗发展过程中的重要环节，其变革历程跨越了由北宋到南宋的巨大转折。从黄庭坚、陈师道到陈与义，知识分子的苦闷从狭小书斋上升到家国天下。从推敲锻炼到质朴明快，江西诗派创作内容与风格随时代背景演变，直至陆游等南宋“中兴四大诗人”崛起，江西诗派完成了自己的历史使命，但其影响绵延不绝于后世，甚至启发了近代的同光体诗人。

黄庭坚不可能预知身后的惊涛骇浪，但他以勤奋与执着点燃的那一盏心灯，照亮了一代青年的文学与人生之路，激励着他们在破碎山河中为诗歌开辟一片明朗的天空。

黄庭坚的词，一如他的诗，表达着对俗世纷争的厌倦，向往着超然物外的理想境界，而似醉非醉之间，却犹有一层不甘。这是他一生未能挣脱的矛盾，也是他创作中不变的主题。

水调歌头·游览

瑶草一何碧，春入武陵溪。溪上桃花无数，枝上有黄鹂。我欲穿花寻路，直入白云深处，浩气展虹霓。只恐花深里，红露湿人衣。

坐玉石，倚玉枕，拂金徽。谪仙何处？无人伴我白螺杯。我为灵芝仙草，不为朱唇丹脸，长啸亦何为？醉舞下山去，明月逐人归。

在诗词之外，黄庭坚也是一代书法大家。他擅长行书、草书，楷书也自成一家，与苏轼、米芾和蔡襄齐名，并称“宋四家”。

不愿被功名利禄束缚的黄庭坚，在所处时代注定的格局里辛勤耕种，于文学与艺术的园地收获了累累硕果。

如果用一句当下的话来问黄庭坚：你快乐吗？

或许他在大多数时候都会回答：我很快乐。

从“西昆体”到梅尧臣，宋诗走过了辩证发展的过程。受其影响而成长，因为成长而打破偶像迷恋树立自我风格，梅尧臣具备了一个文学领袖的超前意识，也在不断地创作实践和理论探索中实现了自我价值。

梅尧臣：

我的诗中没有奶茶

1

在一个奶茶风靡的年代，他偏要将诗写成平淡的清茶一杯。

这不是一件容易的事。

添加越多，就越让人上瘾；习惯了甜腻，往往便失去了辨别原汁原味的能力。

北宋初年的诗坛“奶茶”，是“西昆体”。

以杨亿为首的十多位馆阁文臣于编书之余作诗唱和，结集为《西昆酬唱集》，这部诗集在当时影响很大，学子们纷纷效法，是为“西昆体”，在宋初流行了数十年。《西昆酬唱集》收集了17位作者的250首近体诗，其中杨亿、刘筠、钱惟演的就有202首。

杨亿在《西昆酬唱集序》中主张“历览遗编，研味前作，挹其芳润”，大约可以概括“西昆体”的基本特质。“西昆体”诗人大多有良好的词章修养和文史底蕴，旁征博引，信手拈来，而学习“前作”要取其精华，他们不满白体诗的浅切，也不满晚唐体的枯寂，最推崇的是李商隐的诗，主张诗歌当意义深远、语言富丽。

代意（二首）·其一

梦兰前事悔成占，却羡归飞拂画檐。
锦瑟惊弦愁别鹤，星机促杼怨新缣。
舞腰试罢收纨袖，博齿慵开委玉奁。
几夕离魂自无寐，楚天云断见凉蟾。

作为“西昆体”当仁不让的领袖人物，杨亿的诗总在不厌其烦地代言这种风格。组诗《代意（二首）》假托闺情离恨，含蓄表达自身处境与心意，“梦兰”篇为其一。全诗大量用典，“梦兰”“归飞”“新缣”“博齿”分别出自《左传》《诗经》《乐府》和《楚辞》，显示了作者丰厚的学识，而委婉曲折的情感表达，则是对李商隐的隔空致敬。

另一首《南朝》则将南朝典故巧妙融合，对仗工整堪称无懈可击，辞藻华美意在烘托借古喻今的气势。作者写得酣畅淋漓，读者却因为庞杂的典故眼花缭乱，而忘记了全诗的意义。

南朝

五鼓端门漏滴稀，夜签声断翠华飞。
繁星晓埭闻鸡度，细雨春场射雉归。

步试金莲波溅袜，歌翻玉树涕沾衣。
龙盘王气终三百，犹得澄澜对敞扉。

同样是咏史诗，或者可以对比一下李商隐的《南朝》。

南朝

玄武湖中玉漏催，鸡鸣埭口绣襦回。
谁言琼树朝朝见，不及金莲步步来。
敌国军营漂木柹，前朝神庙锁烟煤。
满宫学士皆颜色，江令当年只费才。

如后世点评，“二十八字中叙四代兴亡，全不费力”，全诗词句清新自然，无一字拗口，而画面感强烈，也一如既往地没有直言不讳，却让人心中百转千回，读这首诗，便像上了一堂简洁生动的历史课，余音绕梁。

“西昆体”在形式上对李商隐的模仿达到了极致，甚至有过之而无不及，其用典之广博，和辞章之精雕细琢，大约连李商隐也只能自叹弗如，而李商隐胸有成竹的谋篇布局，于无声处发人深省的精神内核，和“全不费力”的精致典雅，“西昆体”始终未曾抵达。

对于形式美的追求用力过猛，代表作家大多身居高位，使得“西昆体”诗作往往脱离社会现实，对李商隐的刻意模仿与重复也备受诟病，但其存在有着必然性与合理性，是基于宋朝重视知识积累和文学素养的社会文化基础，“西昆体”独领风骚四十年，也为宋诗进入下一个全新的阶段完成了过渡，其中领衔人物杨亿更是宋朝士人风骨的杰出代表。在他之后的文坛领袖欧阳修曾评价，“先朝杨、刘风采，耸动天下，至今使人倾想”。

2

作为过渡时期的产物，“西昆体”在完成了自己的历史使命后，又被无情地抛弃。

当年曾追随、推崇、受其影响而步入文坛的少年们，在文学积淀日渐成熟后开始有了辩证思维的能力，也在人生阅历的不断丰富中开拓了格局与境界，他们要开创一个全新的时代。

其中的一位，名叫梅尧臣。

梅尧臣对“西昆体”的批判，是坚决的。

就像他曾经的热爱，也是纯粹的。

“西昆体”诗歌无疑是他的文学启蒙之一。在勤学苦读的年少时，那些流光溢彩的篇章让他对文学有了最初的好奇，也慢慢转化为一份热忱。

他家境贫寒，科考也不顺利，未曾金榜题名，但勤勉踏实，以恩荫任职地方，但这个不起眼的事务官，诗名日盛，备受钱惟演等当世名流赏识，也结交了不少志同道合的文学青年，包括欧阳修。

民生多艰，耳闻目睹。走出书斋的诗人，离现实越来越近。他头也不回地告别了“西昆体”，并且提出了与西昆派针锋相对的诗歌理论。他强调《诗经》《离骚》的传统，主张诗歌创作必须

“因事有所激，因物兴以通”，反对流于浮华不切实际。

他三十岁时，与欧阳修等人联袂发动了声势浩大的诗文革新运动。虽然后来欧阳修成了公认的文坛盟主，但是在发动之初，梅尧臣是绝对的领袖。欧阳修以及稍后的王安石、刘敞，甚至更后的苏轼都受到了他的熏陶和启发，欧阳修始终称梅尧臣为“诗老”，以表示内心的景仰。

浮华至极归于平淡，是他革新的方式。他为人诚恳，淡泊名利，一生不曾经历风光无限的时刻，也因为任职地方，接触到更多的世态炎凉，于是将对个人境遇的感慨、对天下苍生的悲悯和对时代弊病的批判，都写在了诗中，留下了许多朴素真挚的佳句。

他用平视的目光观察最亲近泥土的人们，一首《陶者》洗尽铅华，而传诵千古。

陶者

陶尽门前土，屋上无片瓦。

十指不沾泥，鳞鳞居大厦。

孩童会读、老妪能解的字句全无雕饰，仿佛不经意中，在整体描写与局部细节中切换画面，作者只管摆事实，不曾讲道理，但画外之音直指一个时代的痛处，直到今天依然振聋发聩，“十指不沾泥，鳞鳞居大厦”，“遍身罗绮者，不是养蚕人”，究竟是哪里出了错?

仕途不得志并不能改变梅尧臣的心性，他的快乐在山水之间，在与大自然的唱和中。

鲁山山行

适与野情惬，千山高复低。

好峰随处改，幽径独行迷。

霜落熊升树，林空鹿饮溪。

人家在何许，云外一声鸡。

霜落熊升树，或许是古诗中最文艺的熊了吧，林空鹿饮溪，应是最淡定的一只鹿了，只有徒步旅行之人，只有在无人之境，才能撷取如此空灵的画面，无人却又有人，人家还没有出现，“云外一声鸡”却是有力的证明。

梅尧臣主张好诗的标准是“状难写之景如在眼前，含不尽之意见于言外”，《鲁山山行》堪称其绝佳示范。全诗对仗工整而自然，描写质朴而流畅，意境在呼之欲出时戛然而止，留下无限空间任凭想象。

另一首《东溪》描写的是家乡秀丽景色。徜徉于野凫、老树、蒲茸和沙石之间的诗人，因为回归乡野而重拾了久违的宁静平和，仿佛沉醉于此间便能得到内心的满足，但如此美好的景致却留不住他，“薄暮归来车马疲”里，有多少无可奈何。

东溪

行到东溪看水时，坐临孤屿发船迟。

野凫眠岸有闲意，老树着花无丑枝。

短短蒲茸齐似剪，平平沙石净于筛。

情虽不厌住不得，薄暮归来车马疲。

作诗无古今，惟造平淡难。平淡，是他的有意为之，是阅尽繁华后的精神归宿，而在他的诗中，你读不到刻意，只感知着一份天然去雕饰的恳切。他受韩愈、孟郊的影响较大，艺术上有议论化、散文化的倾向，有时语言过于质朴古硬，缺乏文采。

主张平淡的梅尧臣，在诗坛上却享有盛名，他和苏舜钦齐名，被称为“苏梅”，又与欧阳修同为北宋诗歌革新运动的推动者，与其并称“欧梅”，欧阳修曾自以为诗不及尧臣。陆游在《梅圣俞别集序》中，曾举欧阳修文、蔡襄书、梅尧臣诗“三者鼎立，各自名家”。

陆游认为梅尧臣是李白、杜甫而后的第一位大家，他在《剑南诗稿》中自称“学宛陵先生体”“效宛陵先生体”者共八处。南宋后期的诗人刘克庄，在《后村诗话》里，称梅尧臣为宋诗“开山祖师”，对于他的作品产生的巨大影响，提得非常鲜明。梅尧臣对宋朝诗坛的影响，已非“西昆体”所能及。

梅尧臣为人清正，在京任职时足迹“不登权门”。挚友欧阳修当时已官至京兆尹，但梅尧臣不愿登门拜访。人如其诗，觥筹交错的浮光掠影不是他的追求，他的情意都表达在诗里。闲居故乡时，作诗《梦后寄欧阳永叔》表达仍愿发挥才能的心意。

梦后寄欧阳永叔

不趁常参久，安眠向旧溪。

五更千里梦，残月一城鸡。

适往言犹在，浮生理可齐。

山王今已贵，肯听竹禽啼。

梅尧臣曾上奏自著的《唐载纪》二十六卷，对旧史的缺漏错误多有补正，宋仁宗遂命其参与修撰《新唐书》。1060年，汴京爆发疫病，梅尧臣不幸感染此病。此时《新唐书》已修成，但梅尧臣还未来得及奏呈仁宗便已去世。

他一生笔耕不辍，著有文集四十卷，传世作品有《宛陵集》六十卷、《梅氏诗评》一卷，并为《孙子兵法》作注，所注为孙子十家著（或十一家著）之一，另有《毛诗小传》二十卷、《唐载纪》二十六卷。《全宋诗》录其诗25卷，《宋诗精华录》录其诗二十四首，《全宋词》录其词三首。

从“西昆体”到梅尧臣，宋诗走过了辩证发展的过程。受其影响而成长，因为成长而打破偶像迷恋树立自我风格，梅尧臣具备了一个文学领袖的超前意识，也在不断地创作实践和理论探索中实现了自我价值。

山王今已贵，肯听竹禽啼。不爱“奶茶”的梅尧臣，抛却浮名而追求平淡的意义，有心做诗人的他，却将生命感悟写在了词作《苏幕遮·草》中。

苏幕遮·草

露堤平，烟墅杳。乱碧萋萋，雨后江天晓。独有庾郎年最少。窣地春袍，嫩色宜相照。

接长亭，迷远道。堪怨王孙，不记归期早。落尽梨花春又了。满地残阳，翠色和烟老。

人生如萋萋芳草，从嫩色宜相照到翠色和烟老，不过是一瞬。

从激流勇进到退隐世外，苏舜钦的文学创作也出现了鲜明的转折。他的诗文，进入了沧浪亭时代。沧浪亭是他在“无所归”的境地中为自己建造的避风港，也终究成了他文学与心灵的栖居地。

苏舜钦：

我的前半生

1

如电影台词所说：人生是一盒巧克力，你永远也不会知道下一颗的味道。

那个叫苏舜钦的男孩，也不会预知自己一生中将经历怎样的顺逆流。

没有人能选择自己的出身，但他无疑拥有让人艳羡的起点。

他生于风华正茂的北宋都城，彼时汴京的盛景，正如流动的《清明上河图》。苏家祖辈从四川迁来，早已凭借真才实学，在人才济济的北宋朝堂站稳了脚跟。祖父苏易简是北宋第一位状元，官至参知政事，父亲苏耆乃宰相女婿，诗书传家且世代为官，苏舜钦是带着双重光环来到这个世界的，他的人生似乎没有悬念，无论选择哪一条路，都只会比大多数人走得更轻松。

多少人只可仰望的汴京繁华，在少年苏舜钦看来，都是理所应当。便是这一份理所应当，为他日后遭遇的那场风波埋下了伏笔。

起初，他是个才高气傲的斗士。因为家世可以直接入仕，他却偏要参加科举考试证明自己。年纪轻轻已负有诗名的他，也顺利地考中了进士。

他不屑于当时文坛盛行的浮华空洞之风，而是高举诗文革新的大旗，主张文学创作应“原于古，致于用”，继承古文传统，而直面社会现实。他认为散文应重在“道与义”，而去除雕琢；诗歌则是抒发“愉乐悲郁之气”的载体，也是民生与民风的真实写照，他将诗视为民意风向标，忧心如若“诗不传，在上者不复知民志之所向”，则朝政便可能偏离正确的方向。这些理念，与韩愈的“文以载道”思想，和白居易“文章合为时而著，歌诗合为事而作”的观点一脉相承。

倡导古文，苏舜钦是不折不扣的急先锋。欧阳修在《苏氏文集序》中说，“子美之齿少于余，而予学古文，反在其后”，高度评价了他在诗文革新运动中的地位。在他人看来，这不过是一句略带客套的礼节性赞誉，但参与其间的人都知道，改革从来不是一蹴而就的事。当日仍是少年的苏舜钦，为了坚持自己的文学理念，付出了多少勇气与决心，欧阳修感同身受。

在“西昆体”盛行的时代，当世文人写诗作文多痴迷于对偶和用典，空虚肤浅而不自觉，甚至自诩为“时文”，而苏舜钦不顾旁人的嘲讽，坚守古文之风，直到朝廷下了诏书勉励学习古文，“时文”的风行才告一段落。“独子美为于举世不为之时，其始终自守，不牵世俗趋舍，可谓特立之士也。”欧阳修眼中的苏舜钦，是不畏天下人目光而能坚持内心见解的特立独行者，也是具备超前意识的文学革命者。

英俊而博学，豪放又骄傲，那时的苏舜钦，符合世人对一位天才少年的所有期待。

更为难得的是，少年还有博大的胸襟，他看得见窗子以外的民间疾苦，也将其诉诸笔端，在以辞藻艳丽为追求的形式主义大潮中独自清醒，在写实诗作《城南感怀呈永叔》中向挚友欧阳修描述了民间饥荒的真实境况，假借农夫之口，揭露了阶级压迫下的社会真相。

春阳泛野动，春阴与天低。
远林气霭霭，长道风依依。
览物虽暂适，感怀翻然移。
所见既可骇，所闻良可悲。
去年水后旱，田亩不及犁。
冬温晚得雪，宿麦生者稀。

开篇宛如纪录片，娓娓道来，展开了一幅平淡而舒畅的春日画卷。在这平静克制的叙述中，情绪的暗流汹涌。农民的讲述层层递进，境况愈发悲惨，情感愈发强烈。

老稚满田野，斫掘寻凫茈。
此物近亦尽，卷耳共所资。

昔云能驱风，充腹理不疑。
今乃有毒厉，肠胃生疮痍。
十有七八死，当路横其尸。
犬彘咋其骨，乌鸢啄其皮。

灾害接连而至，庄稼颗粒无收，老老少少都在野外挖荸荠来充饥，到后来连卷耳的叶子都成了果腹之物，直至病毒侵蚀肠胃而死伤遍野。“胡为残良民，令此鸟兽肥？”是诗人作为旁观者的质问，也是他控诉的开始。

胡为残良民，令此鸟兽肥？
天岂意如此，泱荡莫可知！
高位厌粱肉，坐论搀云霓；
岂无富人术，使之长熙熙？
我今饥伶俜，悯此复自思：
自济既不暇，将复奈尔为！
愁愤徒满胸，嵘竑不能齐。

在客观冷静的描述中展现触目惊心的景象，描写逐步深入，情感喷薄而出，直至由客观讲述转入主观议论，正面诘问矛盾的根源，直指造成如此惨状的根本原因在于“高位厌粱肉，坐论搀云霓”，沉迷于酒池肉林的统治者，无视民生多艰，只会不切实际的空谈，是造成这一切灾难的罪魁祸首，却只恨“自济不暇”，不能拯救天下苍生于苦难之中，只能庆幸还有一支笔，能为黎民百姓代言。

苏舜钦说“诗之于时，盖亦大物”，可以反映“风教之感，气俗之变”，若统治者有“采诗”制度，就可以据以“弛张其务”，达到“长治久安”。《城南感怀呈永叔》《己卯冬大寒有感》《吴越大旱》等五言长篇力作，真实地反映了天灾人祸交加的社会现实，深刻揭露了北宋日益尖锐的社会矛盾，是他对自己诗论充满诚意的实践。

此时的苏舜钦，锋芒毕露壮志凌云，其文学创作大多与政治活动紧密关联。作为坚定的改革派，其政论文风犀利不拘于格式，抨击弊政一针见血；与“惟造平淡难”的梅尧臣不同，他的诗是在平静中酝酿惊雷，诗如其人，直抒胸臆，畅快淋漓，以揭示社会矛盾、解救民间苦难为己任。

抒写英雄抱负，则是他为宋诗拓展的题材。《吾闻》抒发了他梦寐不忘保卫边疆的壮志，天地男儿满腔豪情与理想，可惜终究只是书生意气，“百万呼吸间，胜势一言决”的气魄只在想象中存在，现实里仅有一份“昼卧书册中，梦过玉关北”的幽怨。

予生虽儒家，气欲吞逆羯。
斯时不见用，感叹肠胃热。
昼卧书册中，梦过玉关北。

这样的苏舜钦，必然成为政治改革的中坚力量。庆历四年，他被范仲淹推荐为集贤殿校理，监进奏院，这是一次为苏舜钦量身定制的任命，意在发挥其善于观察社会现实的优势，广泛收集各地上奏的信息为新政提供参考。但时值进奏院祀神，苏舜钦用所拆奏封的废纸换钱置酒饮宴，事发后被削籍为民，而后离开汴京，举家远走江南，于苏州修建沧浪亭，从此告别了意气风发的前半生。

2

从激流勇进到退隐世外，苏舜钦的文学创作也出现了鲜明的转折。他的诗文，进入了沧浪亭时代。沧浪亭是他在“无所归”的境地中为自己建造的避风港，也终究成了他文学与心灵的栖居地。

沧浪亭由来已久。

据传五代十国晚期，吴越王钱俶妻弟孙承佑任中吴军节度使，曾于沧浪亭营建别墅。苏舜钦流寓吴中时，以四万钱购入，修筑园林，傍水造亭，因感于“沧浪之水清兮，可以濯吾缨；沧浪之水浊兮，可以濯吾足”，题名“沧浪亭”，自号沧浪翁，并作《沧浪亭记》，命名“沧浪亭”。

摆脱了官场纷争的苏舜钦急需要一处“高爽虚辟之地”，来安放与舒展困顿的身心。他在这篇亭记中透露了觅得沧浪亭的经历，纯属偶然。在闲游中发现了此处“坳隆胜势，遗意尚存”，于是“爱而徘徊”，遂以四万钱得之，构亭北碕，而取“沧浪”之名，是要表明自己在“沧浪之水”中洁身自好的心志。

无论如何，沧浪亭的风光明媚宜人，“前竹后水，水之阳又竹，无穷极。澄川翠干，光影会合于轩户之间，尤与风月为相宜”。江南的秀丽典雅，是完全不同于汴京的一番景致。

觞而浩歌，踞而仰啸，野老不至，鱼鸟共乐。形骸既适则神不烦，观听无邪则道以明；返思向之汩汩荣辱之场，日与锱铢利害相磨戛，隔此真趣，不亦鄙哉！

他逃避现实，鄙视名利，但依然并非主动的选择。

予既废而获斯境，安于冲旷，不与众驱，因之复能乎内外失得之原，沃然有得，笑闵万古。尚未能忘其所寓目，用是以为胜焉！

一路从顺境中走来的苏舜钦，对于现状，终究是不甘。

隐居沧浪亭的苏舜钦，常泛舟游玩，并与欧阳修、梅尧臣作诗酬唱，沧浪亭因此名声大振。欧阳修还曾应邀作《沧浪亭》长诗，以“清风明月本无价，可惜只卖四万钱”打趣调侃。

沧浪亭安放了他的身心，也束缚了他的格局。《初晴游沧浪亭》《淮中晚泊犊头》《夏意》，创作于这一时期的系列诗歌，写得恬淡清新，却也仅此而已。

《初晴游沧浪亭》是回归自然怀抱的小小欢喜。

初晴游沧浪亭

夜雨连明春水生，娇云浓暖弄阴晴。

帘虚日薄花竹静，时有乳鸠相对鸣。

《淮中晚泊犊头》则有隔绝了尘世烦恼的一份幽静。

淮中晚泊犊头

春阴垂野草青青，时有幽花一树明。
晚泊孤舟古祠下，满川风雨看潮生。

但他并没有真正地放下世事。一首《沧浪静吟》仍然在愤懑中针砭时事，而又郁郁寡欢。

沧浪静吟

独绕虚亭步石矼，静中情味世无双。
山蝉带响穿疏户，野蔓盘青入破窗。
二子逢时犹死饿，三闾遭逐便沉江。
我今饱食高眠外，唯恨醇醪不满缸。

庆历八年，苏舜钦被任命为湖州长史，而未及赴任便因病去世。一千年以后，他修建的沧浪亭已成为世界文化遗产。

一个人的得失荣辱，早已随浮云散去，沧浪亭的清风明月，属于无垠的时空，和世世代代的人们。

清代学者叶燮曾指出："开宋诗一代之面目者，始于梅尧臣、苏舜钦二人。"是说宋诗新风气的开端，是从梅尧臣和苏舜钦开始的。可惜在顺境里气势磅礴的苏舜钦，在逆境中并不能淡泊乐观，身处名利场中心的他，却未能参透生命的真意。他最终留下了《苏学士文集》诗文集、《苏舜钦集》16卷，今存《苏舜钦集》。

欧阳修有"野芳虽晚不须嗟"的豁达，苏轼有"竹杖芒鞋轻胜马”的洒脱，连“谪守巴陵郡”的滕子京也取得了“政通人和、百废俱兴”的成绩，而曾经鲜衣怒马的苏舜钦，却拘囿于一个人的愤懑中徘徊往复。

他内心的沧浪亭，始终未曾云淡风轻。

苏舜钦生命的主题，本应不止于此。

古今多少事，渔唱起三更。转眼又是一千年的沧海桑田，满船离恨已随一江春水向东流，只有桃花年年，依旧笑春风。通俗易懂而又高雅清新的陈与义，将一个诗人的梦醒时分，毫无保留地定格在文字中。他终究获得了来自时间的回报。

陈与义：
一个诗人的梦醒时分

1

时代裹挟命运，亦成就人格。

陈与义的人生，随他身处的王朝一起，豁然出现了一道分隔线。

他试图用诗词来承载一船离恨，到底意难平。

他的身世与战乱多有关联。先祖为避安史之乱从长安辗转迁居洛阳，到了陈与义，便成了土生土长的洛阳人。出生书香世家，天赋过人而又勤学苦读，小小年纪已颇负诗文之名，他就是传说中“别人家的孩子”。

《宋史》本传说他“天资卓伟，为儿时已能作文，致名誉，流辈敛衽，莫敢与抗”。他的才华横溢，是不争的事实。不出意外，这个鲜衣怒马的少年23岁考中进士，他的面前，本应是一马平川的仕途。

不过这一切，对于当时的陈与义来说，都只道是寻常。家境优裕，意气风发的洛阳公子，还有大把时光可以挥霍。入仕三年，他便辞职回家，和一众文友吟诗作赋，专事风花雪月，所谓“把时间浪费在美好的事物上”。

但盛名在外的他，亦不可能总是逍遥出世。稍露锋芒，便能获得机遇的垂青。29岁时，他以组诗《和张矩臣水墨梅五绝》得到宋徽宗赏识，一举回归北宋政治权力中心。

和张矩臣水墨梅五绝·其四

含章檐下春风雨，造化攻成秋兔毫。

意足不求颜色似，前身相马九方皋。

为人称道的第四首，前两句于轻描淡写中，再现了画作的景象，而赞美画笔功夫亦毫不隐晦；后两句则充分体现了宋诗重说理的特质，从状物描写上升到议论层面，比较画梅和相马的相似点，指出艺术创作的终极境界是“传神”，而不应拘囿于刻板追求“形似”。

全诗对画作的夸赞不流于表象，而注重内在精神品格的体现，完全契合了“墨梅”的艺术气质。知音难觅，面对艺术造诣如此之深的才子，酷爱绘画的艺术型皇帝宋徽宗又怎能不生出惺惺相惜之意呢。

与很多当世诗家一样，陈与义尊杜甫为诗宗，但有自己独立的思考。

“他虽然推崇苏轼和黄庭坚，却更佩服陈师道，并且把对这些近代人的揣摩作为学杜甫的阶梯。他与江西派也不很相同，因为他听说过‘天下书虽不可不读，然慎不可以有意于用事’。”

钱钟书先生在《宋诗选注》里说道，杜甫律诗的声调音节是公推为唐代律诗里最洪亮而又沉着的，黄庭坚和陈师道费心用力地学杜甫，忽略了这一点，陈与义却注意到了，所以他的诗尽管意思不深，可是词句明净，而且音调响亮，比江西派的讨人喜欢。

《雨晴》对仗精巧工整，“供稳睡”和“报新晴”也十分自然地对应了杜甫诗中意象。

雨晴

天缺西南江面清，纤云不动小滩横。
墙头语鹊衣犹湿，楼外残雷气未平。
尽取微凉供稳睡，急搜奇句报新晴。
今宵绝胜无人共，卧看星河尽意明。

可惜文艺只能为太平盛世锦上添花，却不能阻挡末世来临的车轮。

公元1127年，北宋灭亡。一个王朝的巨变，成了无数人命运的转折点，包括陈与义。

是的，曾经风光无限的他，也沦为了仓皇南渡的人潮中的一员。

“及金人入汴，高宗南迁，遂避乱襄汉，转湖湘，逾岭峤。”

陈与义从陈留南迁避难，历经湖北、湖南、广东、福建，辗转迁徙，流离失所，这一段漫长而又步步惊心的旅程中，他拥挤在挈妇将雏、寝食难安的芸芸众生中间，如一叶扁舟随波逐流，尝到了最真切的人间疾苦。沧海桑田，不只是行旅的迁移，也是心理的变革。

2

一船离恨，成了陈与义文学创作下半场的主题。

此时的杜甫，已不只是陈与义的文学偶像了。

对于他，和很多与他命运相似的宋朝诗人来说，杜甫是诗歌创作中只可追赶的目标，更是在抒写离殇感慨世事时，一个值得信任、可以商榷的知己。

靖康之难发生，无论平民与贵胄，都难以独善其身。曾经只须负责阳春白雪的诗人，此刻必须直面惨淡的人生，在舟车劳顿中体会生存的艰难，在惶恐不安中为衣食住行而忧虑。

一夜之间，杜甫诗中所写安史之乱的境地，竟在眼前上演。

国破山河在，城春草木深。

正是江南好风景，落花时节又逢君。

这些可以学习，可以效仿，甚至可以比谁学到了诗句的精髓，忽然之间都成了真实世界的写照。生活艰辛，诗词却仿佛豁然开朗了。陈与义或许是在一路迁徙中的某个驿站恍然醒悟，学杜甫，并不难。苍凉与悲壮，本应发乎内心，那些“学”与“仿”，都是为赋新词强说愁了。

陈与义本来是个师法杜甫的人，但经历了兵荒马乱才知，从前对杜甫的领会浮于表层。他在《正月十二日自房州城遇虏至奔入南山十五日抵》中写道，“但恨平生意，轻了少陵诗”，而逃难途中的第一首诗《发商水道中》直抒胸臆，是他后期诗歌的提纲挈领。

草草檀公策，茫茫杜老诗。

他的诗，从纯粹的为文艺而吟咏，上升至为人生而歌，为家国而作。

《登岳阳楼（二首）》是这一时期的代表作。“老木沧波无限悲”是正值壮年的他本不应有的感慨，“诗到巴陵还未工”里，分明是历经了千难万险的旅途，而下一站又在哪里呢？

登岳阳楼（二首）

其一

洞庭之东江水西，帘旌不动夕阳迟。
登临吴蜀横分地，徙倚湖山欲暮时。
万里来游还望远，三年多难更凭危。
白头吊古风霜里，老木沧波无限悲。

其二

天入平湖晴不风，夕帆和雁正浮空。
楼头客子杪秋后，日落君山元气中。
北望可堪回白首，南游聊得看丹枫。
翰林物色分留少，诗到巴陵还未工。

在《雨中对酒庭下海棠经雨不谢》诗中，他已经和杜甫一样，自称“老夫”了。还是在巴陵，还是工整的对仗，心头的悲伤只能以杯中酒来化解，却恨不能像当年在洛阳一样，痛快淋漓地醉一场，借酒消愁愁更愁，在这一场看不见终点的旅途中，他和杜甫的灵魂日渐靠近。

杜甫有“明日隔山岳，世事两茫茫”的感慨，而陈与义的“茫茫身世两堪悲”更添了一重哀伤。

雨中对酒庭下海棠经雨不谢

巴陵二月客添衣，草草杯觞恨醉迟。
燕子不禁连夜雨，海棠犹待老夫诗。
天翻地覆伤春色，齿豁头童祝圣时。
白竹篱前湖海阔，茫茫身世两堪悲。

再长的路，到底还是走完了。在长达五年的漂泊后，陈与义抵达了南宋都城绍兴。在这个偏安一隅的王朝，为人谦和而坚守原则的陈与义颇受重用，官至参知政事。表面上，朝廷寄望于他以德服人，“尊主威而振纲纪”，而事实上，力主收复中原的陈与义与安于苟延残喘的朝堂是格格不入的。

在倍感绝望后，陈与义告病辞官，不久便带着多少不甘与恨意离开了人世。

他生前因为人刚直，在士大夫阶层拥有很高的威望，《宋史》中评价，“容状俨恪，不妄言笑，平居虽谦以接物，然内刚不可犯。其荐士于朝，退未尝以语人，士以是多之”。即便于他人有举荐之恩，也从不私下谈及。其文学创作，亦得到了较高的认可。“尤长于诗，体物寓兴，清邃纡余，高举横厉，上下陶、谢、韦、柳之间。”

钱钟书认为，“在北宋南宋之交，也许要算他是最杰出的诗人。”陈与义在南宋诗名极高，因为他号简斋，其诗作也被称为“简斋体”。

陈与义的文集原为其学生周葵所编，共10卷，早已不存，宋光宗绍熙元年（1190年），胡稚笺注《简斋诗集》30卷（附《无住词》1卷）刊刻问世，《四部丛刊》即据此影印，并附印元刊《陈简斋诗外集》。

“尤长于诗”的陈与义，倒也留下了流传千古的词作。相比于诗中的雄浑悲壮，他的词格调清新，情感真挚，寓豪放于婉约之中。一样是充满眷恋的回望，一样是肝肠寸断的离恨，由千回百转的词句娓娓道来，悲欢离合今昔映照尽在其间，传唱千年而余韵不绝。

临江仙·夜登小阁忆洛中旧游

忆昔午桥桥上饮，坐中多是豪英。长沟流月去无声，杏花疏影里，吹笛到天明。

二十余年如一梦，此身虽在堪惊。闲登小阁看新晴，古今多少事，渔唱起三更。

临江仙·高咏楚辞酬午日

高咏楚词酬午日，天涯节序匆匆。榴花不似舞裙红。无人知此意，歌罢满帘风。

万事一身伤老矣，戎葵凝笑墙东。酒杯深浅去年同，试浇桥下水，今夕到湘中。

虞美人·大光祖席醉中赋长短句

张帆欲去仍搔首，更醉君家酒。吟诗日日待春风，及至桃花开后却匆匆。

歌声频为行人咽，记著樽前雪。明朝酒醒大江流，满载一船离恨向衡州。

古今多少事，渔唱起三更。转眼又是一千年的沧海桑田，满船离恨已随一江春水向东流，只有桃花年年，依旧笑春风。通俗易懂而又高雅清新的陈与义，将一个诗人的梦醒时分，毫无保留地定格在文字中。他终究获得了来自时间的回报。

送人归京师

门外子规啼未休，山村落日梦悠悠。

故园便是无兵马，犹有归时一段愁。

文学是不必醒来的梦境。此去经年，杏花疏影里的吹笛少年，赢得了多少尊重与懂得。他从不孤独。

在多少人贪图安逸苟且偷生的大环境中，陆游胸怀大义志愿为国征战，而他施展抱负的机会却一再被拦截；在爱情荒芜的年代，陆游收获了琴瑟和谐的珍贵情感，却囿于封建礼教得而复失，空留多少恨，绵延千古。

陆游：

如果有来生

1

如果不是生于不安稳的南宋，陆游可能不会选择做诗人。

陆游出身诗书世家，高祖陆轸以进士起家，祖父陆佃所著《春秋后传》《尔雅新义》等是陆氏家学的重要典籍，父亲陆宰藏书数万卷，越州陆氏由此成为一代藏书大家。

这是一个以学问立足于世的家族，成长于浓郁书香中的陆游，自幼聪敏过人，且师从诗文、书法等大家，文采斐然，又因长辈的功绩而享受恩荫，不必为生计操劳。

并且，在“憔悴”与“消瘦”之风占据了诗词半壁江山的时代，陆游还难能可贵地拥有一副强健的体魄，那是他后来“匹马成梁州”和历经沉浮却不折不挠的重要资本。

他具备了成就天地男儿一番事业的一切条件，除了时局。

几乎和南宋同时诞生的陆游，命运注定与这个偏安一隅的王朝相系。时代的灰尘，公平地落在每个人的身上，虽然家境优裕，但陆游小小年纪便习惯了迁徙，与家人一路仓皇南下，动荡与流离是他童年的背景，在成年后转化为奋起抗争、恢复中原的决心。

承继了父祖辈的家国情怀，以勤奋好学闻名的陆游，也从不掩饰为国征战的雄心壮志。他不甘心做一个纯粹的书生，而是努力成为一个文武兼备的人，“读书三万卷，学剑四十年”，“切勿轻书生，上马能击贼”，都是他的真实写照。

这样一位思想基础与实际能力都已成熟的好男儿，本应或奔赴沙场为国戍轮台，或居庙堂之高建言献策，可惜的是，陆游屡屡因为直言不讳而得罪权贵，科举落第，仕途亦不顺。恪尽职守、心系家国的陆游，并不被朝廷重用，罢免不意外，赋闲是常态，这是命运对他的捉弄，也是历史环境决定的必然。

这样的陆游，也必然成为诗人。诗，让他的天赋与勤奋得到了世俗之外的宽广载体。诗如其人，语言平实而章法严谨，题材包罗万象，而着力于记录真实历史、呈现现实生活，抒发自己的爱国热情，亦饱含对天下苍生的悲悯。他留下《剑南诗稿》八十五卷，收录诗歌九千三百余首，慷慨激情奔涌在浩瀚篇幅中，作为南宋“中兴四大诗人”的代表人物实至名归，引领了宋朝诗歌的第二个繁荣时期。

陆游的散文、书法与诗歌一脉相承，率真而苍劲，但诗歌终究是他艺术追求的最高境界。

"骑驴入蜀"是陆游人生与诗歌的分隔线。大散关一带短短八个月的军旅生涯，是陆游一生距离铁马冰河最近的时刻，他切身感受了沙场秋点兵的真实情境，而又被迫体验军事实践戛然而止的失落。陆游的早期诗歌严守格律，务求工整，而从中年入蜀时起，因为有了数十年万里路的征程与历练，诗风也渐趋成熟，愈发雄浑而奔放，直至暮年回归故里，诗中开始流露壮心不已的沉郁，描绘清新旷远的田园生活，也抒写丰富真实的人生况味。

但无论诗中的心境如何变幻，字字推敲始终是陆游诗歌最鲜明的风格，写诗于他，是一种相伴到老的生活方式，他一向都严肃认真对待。

《闻雨》诗在波澜壮阔的情绪流动中，不忘对仗严谨。从"慷慨心犹壮，蹉跎鬓已秋"到"百年殊鼎鼎，万事祗悠悠"，都是堪称典范的对仗诗句，"不悟鱼千里，终归貉一丘"是辽远的思绪，而"夜阑闻急雨，起坐涕交流"则回归现实境况，当时与后世对陆游诗歌的热爱，多因了这份字斟句酌的恭谨，与不加矫饰的真实坦荡。

闻雨

慷慨心犹壮，蹉跎鬓已秋。
百年殊鼎鼎，万事只悠悠。
不悟鱼千里，终归貉一丘。
夜阑闻急雨，起坐涕交流。

题材大不相同的《游山西村》，则把工整与严谨发挥到了极致。

游山西村

莫笑农家腊酒浑，丰年留客足鸡豚。
山重水复疑无路，柳暗花明又一村。
箫鼓追随春社近，衣冠简朴古风存。
从今若许闲乘月，拄杖无时夜叩门。

字字句句皆无可挑剔，读者完全能够想象作者在诗歌背后所下的功夫：细致的观察，朴素的描绘，深入的思考，还有些许克制的情感。

但另一方面，过于追求工整也为陆游带来了争议。

比如《红楼梦》里被林黛玉举为反例的两句——“重帘不卷留香久，古砚微凹聚墨多”。黛玉对香菱说，这样的诗句不要学。黛玉的文学批评其实是为曹公代言，后来钱穆先生谈诗时进一步阐释，“放翁这两句诗，对得很工整。其实则只是字面上的堆砌，而背后没有人。若说它完全没有人地不尽然，到底该有个人在里面。这个人，在书房里烧了一炉香，帘子不挂起来，香就不出去了。他在那里写字，或作诗。有很好的砚台，磨了墨，还没用……但这人却教什么人来当都可，因此人并不见有特殊的意境，与特殊的情趣。”

平心而论，黛玉不爱的这两句诗，是从陆游近万首诗作中挑剔出来的，一生勤勉、胸怀坦荡的陆游，留下的诗作堪称海量而非务求完美的精编，他的诗集是一部完整的文学与心灵成长史，任人评说。但纵有再多争议，陆游也无疑是公认的诗中一大家。一生境遇尽在诗中，从少年锦时到两鬓苍苍，诗中都不忘国家民族大义，始终保持热血，“境界尽高”。

他晚年的诗好像日记，记录所见所思，于是寒来暑往衣食住行，皆在其间。这时的陆游，壮志未酬而能随遇而安，“僵卧孤村不自哀”，常常以恬淡笔触描写乡村生活，而又放不下爱国情怀，于是只能“铁马冰河入梦来”。这样一位真诚到老的诗人，让人喜爱又钦佩，钦佩他积极入世的热情和安于淡泊的豁达。

但终究是不甘。

谁能忘记那一首并不刻意追求工整的《剑门道中遇微雨》？他不甘心以诗人终老而最终留下了显赫诗名，让他的真实与明朗，自带一份苦涩的味道。

剑门道中遇微雨

衣上征尘杂酒痕，远游无处不销魂。

此身合是诗人未？细雨骑驴入剑门。

写诗的人没有秘密，所有坎坷经历与曲折心事，都坦陈于“六十年间万首诗”中。

钱穆先生说，“必得有此人，乃能有此诗”。纵观陆游一生为文为人，无非真实二字，这份难得的天真，是一个诗人必备的心性，但也给他的人生带来了更多的风雨。

但陆游若春风得意平步青云，就不会像今天这般在后人心中永远壮志凌云。

2

陆游骨子里是看不上词的。

虽然他的名字与词有一段传说中的渊源。据说秦观是陆游母亲的偶像，所以为陆游取了秦少游的“游”字为名。

但陆游一生的主要精力用于诗歌创作，“是有意要做诗人”，对作词并不在意。当然，他毕竟拥有超群的才华与修养，存世一百四十余首词作中，也不乏广为吟诵的佳作。

一曲《诉衷情·当年万里觅封侯》，延续了他在诗中的家国情怀，满目萧瑟，满怀凄怆。

诉衷情·当年万里觅封侯

当年万里觅封侯，匹马戍梁州。关河梦断何处？尘暗旧貂裘。

胡未灭，鬓先秋，泪空流。此生谁料，心在天山，身老沧洲。

《卜算子·咏梅》则以物喻人，表达自己愿与梅一样品格高洁，即使“零落成泥”也无怨无悔。

卜算子·咏梅

驿外断桥边，寂寞开无主。已是黄昏独自愁，更著风和雨。

无意苦争春，一任群芳妒。零落成泥碾作尘，只有香如故。

谈陆游的词，无法绕过那一首令人肝肠寸断的《钗头凤·红酥手》。

陆游与唐婉情投意合，却因母命难违而以休妻告终，唐婉改嫁，陆游再娶。于是夜阑卧听风吹雨的陆游，也成了这一场中国文学史上著名的爱情悲剧的主人公，陆游的形象鲜明而立体。

陆游与唐婉分别多年后于沈园再遇，一时悲从心生，即兴写下一首《钗头凤·红酥手》题于墙壁之上。其人率真，其情深切。

钗头凤·红酥手

红酥手，黄縢酒，满城春色宫墙柳。东风恶，欢情薄。一怀愁绪，几年离索。错，错，错。

春如旧，人空瘦，泪痕红浥鲛绡透。桃花落，闲池阁。山盟虽在，锦书难托。莫，莫，莫！

这段情刻骨铭心。陆游另有诗作《沈园（二首）》道尽心中哀伤。

沈园（二首）

其一

城上斜阳画角哀，沈园非复旧池台。

伤心桥下春波绿，曾是惊鸿照影来。

其二

梦断香消四十年，沈园柳老不吹绵。

此身行作稽山土，犹吊遗踪一泫然。

钱钟书曾说：除掉陆游的几首，宋代数目不多的爱情诗，都淡泊、笨拙、套板。但或许最深的爱与遗憾，是无须他人评价的吧。

在多少人贪图安逸苟且偷生的大环境中，陆游胸怀大义志愿为国征战，而他施展抱负的机会却一再被拦截；在爱情荒芜的年代，陆游收获了琴瑟和谐的珍贵情感，却囿于封建礼教得而复失，空留多少恨，绵延千古。

连他最后的牵挂，“王师北定中原日，家祭无忘告乃翁”，也终究不曾如愿。

以精明的眼光来看，陆游无论如何都不算人生赢家。从事业到情感，他都陷于“山重水复疑无路”的困境中，而他期待的“柳暗花明又一村”，迟迟不见到来。

但八十五岁高龄的陆游，有资格说一句今生无悔。

如果有来生，他依然会是一个耿直到老的率真男孩吧。

他笔下的田园，并非脱离现实的梦境，而是实实在在的生活，有喜有忧，亦苦亦甜。

范成大：

从出塞曲到四季歌

1

千古江山，潮起潮落，风流总被雨打风吹去。但总有一些人愿意乘风破浪，成为完美人格的追求和塑造者。北宋有范仲淹，南宋有范成大。

范成大生于靖康元年。生命从一开始就刻下了时代的烙印。

那是一个波澜诡谲的时代。巨变正在酝酿，家国命运未卜。

很快，历史便翻过沉重的一页。男孩范成大眼前的世界，是仅剩半壁江山的王朝，醉生梦死的官僚，和负重前行的黎民百姓。他的家乡江南吴县，此时已是南宋的北方。

他本出身诗书世家，母亲是北宋大家蔡襄的孙女，但父亲去世后家道衰落。他在姑苏城外度过了清苦的童年，而后经历了十年寒窗苦读，终于如愿金榜题名，学而优则仕，完成了人生的第一次转折。

这是与范仲淹极其相似的人生路径，也是那个时代里一介书生唯一现实的路径。

他也和范仲淹一样，因为恪尽职守、口碑载道而仕途顺利。所不同的是，范仲淹所在的北宋政坛，争议的焦点是“变”与“不变”，而范成大所在的南宋，自始至终被一个问题所困扰——是“和”还是“战”？

范仲淹曾镇守西北边疆，被誉为“腹中有数万甲兵”，而范成大已经没有了戍守边关的机会，命运交给他的任务，是在屈辱中保全尊严。

1170年5月，范成大受宋孝宗委任出使金国，索求北宋诸帝陵寝之地，并争求改定受书之仪。朝中同僚或因畏惧、或因劝阻而离任或被贬，他怀抱壮士一去不复还的决心踏上了危险的旅程。连金国负责迎接范成大的使者也仰慕其品格，效仿他的装束以致敬。

抵达燕山后，范成大秘密草拟奏章，具体论述受书仪式，把它放入怀中。在首次面呈国书时突然取出奏章，慷慨陈词，面对金朝君臣的夹击毫无惧意，最终得以保全气节而归。春去秋来，同年九月，范成大回到了南宋。虽然金国拒绝更改受书之仪，仅允许南宋奉迁陵寝、同意归还宋钦宗梓宫，但范成大凭借一己之力，在宋史上留下了“全节使金”的篇章，这是南宋朝堂罕有的骨气。

在他之前，范仲淹以“先天下之忧而忧，后天下之乐而乐”

树立了中国士大夫的品格标杆，他推行新政、励精图治，那是“居庙堂之高”者的担当，悲悯苍生，理所应当。

与他同时代的至交陆游，因为直言不讳而得罪权贵，科举落第、仕途不顺，虽心系家国却从未被朝廷重用，只能体会“铁马冰河入梦来”的苦涩，壮志难酬，多少不甘。

相比之下，作为仕人的范成大，未能拥有范仲淹的大时代背景，但在自己所处的生存环境中，他不辱使命，实现抱负，在破碎的山河中努力圆满了个人的追求。

2

范成大的幸运在于，他拥有两个世界。

一个世界里充满年年宦游的劳顿和风浪不息的险恶，有时还需要直面刀光剑影危机四伏，他坚守原则勤政廉明，为官一方则为民造福。

另一个世界里四季分明苦甘交错，他愿意化身蜻蜓与蛱蝶自在飞舞，又愿躬身体验农事的辛劳与收获的喜悦。那是他在诗词中为自己构建的田园意境。

他天资聪颖，自幼遍读经史，十四岁时开始创作诗文，成年后，其诗作在南宋负有盛名，题材广泛，清新真挚，与陆游、杨万里、尤袤齐名，并称“中兴四大家”。词与文赋也享有美誉。他著作颇富，传世作品有《石湖居士诗集》《石湖词》《桂海虞衡志》《吴船录》《吴郡志》等，存诗1900多首。

《四时田园杂兴六十首》为其中巨作。

范成大早年宦游四方，57岁以后退职闲居苏州石湖，在相对安逸的那些年里，心境明快的他写下了这组规模空前、构思精巧的田园诗。《四时田园杂兴》六十首，依循季节流转，分为“春日”“晚春”“夏日”“秋日”“冬日”五组，每组十二首，语言质朴，感情真挚，如一幅徐徐流动的农村生活画卷，规模浩大而细节入微，寄托了作者回归田园的情思，亦饱含对社会现实的批判。

梅子金黄杏子肥，麦花雪白菜花稀。
日长篱落无人过，惟有蜻蜓蛱蝶飞。

传统的田园诗歌，状物并不难。江南田园风光，范成大自幼熟悉，梅子黄、杏子肥、麦花白、菜花稀，都是他可以信手拈来的景象，而蜻蜓与蛱蝶，更是他儿时的玩伴，那都是大自然的非凡手笔，他不过是如实记录，倘若只有这活泼鲜亮的江南风物，这首诗也平平无奇，但范成大的田园诗，贵在有“人”。

他的笔端，从不曾忘记那些田地花草背后的农人。有时迎面而来，有时是间接出现，“日长篱落无人过”，是因为正值农忙时节，人们忙到没有时间在这美景中逗留片刻。

昼出耘田夜绩麻，村庄儿女各当家。
童孙未解供耕织，也傍桑阴学种瓜。

上一首人影未见，这一首则句句都有人。这是一个繁忙的农村家庭，各司其职，日夜劳作，乡村儿女早当家，连年幼的童孙都开始参与劳动，在树荫下学习种瓜。作为文人士大夫的范成大，在描写农家生活时，仿佛置身乡野树下，与邻人闲话家常，字字质朴，“老妪能解”，没有字斟句酌的刻意雕琢，没有身份与处境带来的优越感，而通篇透露着对淳朴生活的热爱，和对农人辛苦劳作的赞美。“童孙未解供耕织，也傍桑阴学种瓜”，是对儿童的疼爱，也有丝丝怜惜。

田园诗并非新鲜题材，但范成大融合了自陶渊明以来至唐王维、孟浩然、韦应物等人的田园诗歌传统，和自《诗经·豳风·七月》以来直到唐代“新乐府”诗派朴素清新的诗风，以七言诗为固定形式，以季节为序，借景抒情，夹叙夹议，在规模、内容、形式和思想上都达到了全新的境界。

千顷芙蕖放棹嬉，花深迷路晚忘归。
家人暗识船行处，时有惊忙小鸭飞。
中秋全景属潜夫，棹入空明看太湖。
身外水天银一色，城中有此月明无。

四季轮回，朝朝暮暮，如诗如画的乡村景色，都被范成大收入了诗中。他的诗里有水天一色的静谧，也有小鸭惊飞的动态。

采菱辛苦废犁鉏，血指流丹鬼质枯。
无力买田聊种水，近来湖面亦收租。
租船满载候开仓，粒粒如珠白似霜。
不惜两钏输一斛，尚赢糠核饱儿郎！

已然无力买田，湖面又要收租，农人的负担越发沉重；辛苦一年，才收获“粒粒如珠白似霜”的食粮，却被官府掠夺一空，孩子只能吃粗糠来果腹。

这份悲悯，让《四时田园杂兴》成为中国古代田园诗中无可替代的杰作。他不只是农村生活的观察者，他是在以文字参与农业劳动，用诗歌记录民生艰辛，也用诗歌揭露批评现实。这是范成大与前人最大的不同。他笔下的田园，并非脱离现实的梦境，而是实实在在的生活，有喜有忧，亦苦亦甜。

另一方面，范成大的词作文字精美，音节谐婉，也为人所称道。晚清词家陈廷焯云：“石湖词音节最婉转，读稼轩词后读石湖词，令人心平气和。”姜夔以晚辈身份与之交往，词风亦不免受其感染。《全宋词》辑其全篇101首，残篇4首。

他曾作五首《忆秦娥》，皆为描写闺怨，题材不曾跳脱宋词的传统，但词如其人，范成大描写的闺情，不在怨念，而在思念。

忆秦娥·楼阴缺

楼阴缺，兰干影卧东厢月。东厢月，一天风露，杏花如雪。

隔烟催漏金虬咽，罗帏黯淡灯花结。灯花结，片时春梦，江南天阔。

场景从室外切换到室内，思绪从现实转移到梦境。情景交融，眼前寻常物事，因为淡淡思绪而似乎有了特别的意味，时间仿佛凝固，一刻成永远。

从为官到作文，范成大的一世品行，似乎只有忘年之交姜夔的诗句可以概括，“百年无此老，千首属何人”。

“雪里评诗句，梅边按乐章”，是他退居石湖后试图忘却“天下之忧”的悠然自得，但转而“沉思酒杯落，天阔意茫茫”，终究还是忘不了，做不到。

他没有纠结，也不去和命运较劲，因为他真的很忙，忙着和大自然约会，忙着捕捉小雨的妒意，小荷的羞怯，追踪儿童的急走，到菜花丛中寻觅一只黄蝶的踪迹。

杨万里：

我之所爱为自然

1

小荷才露尖尖角，早有蜻蜓立上头。

像一个快门闪过，从捕捉到定格，如此迅疾而沉着，瞬间展开了精彩的画面，亦阐释了其间暗含的微妙关联，这份机智果断，源自天资颖悟，更依靠和大自然敞开心扉的交流。

杨万里，是大自然的知音。

他的人生背景里，其实从来没有岁月静好，但幸运的是，始终有诗书同行，与山川为伴。他生于南宋，国破山河在，寻常人家度日艰辛，柴米油盐的日常里也有捉襟见肘的窘迫，他的父亲杨芾却偏偏是一个书痴，精通《易经》，常忍着饥寒购买书籍。父亲在十年之内已积累藏书数千卷，在这样的家风影响下，杨万里自幼博览群书，曾师从高守道、王庭珪等当世名家，勤学苦读。

杨万里27岁进士及第，历仕宋高宗、孝宗、光宗、宁宗四朝，曾任国子博士、广东提点刑狱、太子侍读、秘书监等职，官至宝谟阁直学士，封庐陵郡开国侯。数十年宦海沉浮，在一个人的履历上留下了一串并不起眼的官职名称，而一次次迁徙奔波的辛劳，已不足为外人道也。

但身处红尘中的杨万里，似乎早已看透了那些名利纷争，有一份难得的理智。他视功名利禄如浮云，从未因官职升迁而沾沾自喜，甚至在任职京官时，就预先准备好了从杭州回老家的盘缠，同时告诫家人不许置物，以免离职回乡时行李累赘。“日日若促装”，随时可出发。

也确是总在路上。宦游年年，四海漂泊，他将这份劳顿之苦写在了《泊平江百花洲》一诗中。

泊平江百花洲

吴中好处是苏州，却为王程得胜游。
半世三江五湖棹，十年四泊百花洲。
岸傍杨柳都相识，眼底云山苦见留。
莫怨孤舟无定处，此身自是一孤舟。

苏州名胜，江南秀色，还是借为君王办理差事之机才得游历，“十年四泊百花洲”，来来往往的羁旅中，连岸边的杨柳都成了旧相识，却不知何处是真正的归途。

或许应该说，“半世三江五湖棹”的疲惫是一种表象，内在的郁郁不得志才是困顿的根源。他是个坚定的“主战”派，主张先强大国力后谋求恢复中原，又关心民生疾苦，上书《千策虑》三十篇总结历史教训，针砭时弊并提出改革方案，但因为人刚毅，遇事往往直言不讳，始终不得重用，只能庸庸碌碌为稻粱谋，半生蹉跎，消磨了满腔雄心抱负。

杨万里曾奉命迎接金朝使者，触景伤怀，写下了《初入淮河四绝句》。

初入淮河四绝句

中原父老莫空谈，逢着王人诉不堪。
却是归鸿不能语，一年一度到江南。

鸿雁不语，却能自由穿梭，中原父老没有客套话，见到他便诉说。黍离之悲，人民之苦，身为臣子却无能为力，在《过扬子江（二首）》中，他感慨着千载英雄已如飞鸿一去难追，空余山川形胜的清冷寂寞，也自嘲“携瓶自汲江心水，要试煎茶第一功”。

过扬子江（二首）·其一

只有清霜冻太空，更无半点荻花风。
天开云雾东南碧，日射波涛上下红。
千载英雄鸿去外，六朝形胜雪晴中。
携瓶自汲江心水，要试煎茶第一功。

在最后一次彻底失望后，他挥一挥衣袖，没有一丝眷恋地离去，从此任凭风吹浪打，再不出仕。宋宁宗即位后，曾几度召杨万里赴京，有“三顾茅庐”之诚意，但“诚斋先生”辞谢不往。

他没有纠结，也不去和命运较劲，因为他真的很忙，忙着和大自然约会，忙着捕捉小雨的妒意，小荷的羞怯，追踪儿童的急走，到菜花丛中寻觅一只黄蝶的踪迹。

2

“诚斋先生”，是杨万里的另一个“我”。

“诚斋先生”的世界里，没有朝堂风波羁旅劳顿，只有自然与文学。

满面风尘的杨万里，守住了内心的童真。

他的诗，在当时已颇负盛名。出身诗书人家，他到底是自信的，刻苦学习，集纳百家之长，是为了要超越前辈。“笔下何知有前辈。”更是聪明的，深谙“文章合为时而著，歌诗合为事而作”的真意。作诗作文，自然要传承前人之法度与精髓，但更要开创属于自己时代的创作道路，拓展题材领域，建立审美风格，方可自成一家。

杨万里无疑是站在了前人的肩膀上，从陶渊明、白居易到黄庭坚，历代诗家无一不是他的老师，而江西诗派对于字句韵律的考究也对他影响至深。但他的学习，不是盲目地跟从，而是批判式吸收，在不断地思辨中质疑权威，甚至否定自我。

人到中年后，杨万里恍然醒悟，最好的艺术导师其实就是大自然，他从师法前人转而师法自然。他将前半生诗作付之一炬，向山水与田园汲取灵气，做一个诗歌创作的探险家，这种破釜沉舟的勇气与毅力，终于让他创造了独属于自己的“诚斋体”。

以小见大，捕捉日常生活中稍纵即逝的美，用平易近人的语言表达意蕴深刻的思想内涵，“诚斋体”风格鲜明，也难以复制，因为它有赖于杨万里深厚的文学积淀，又依托着他和大自然在朝夕相处中达成的默契。

如那首大家都会背诵和默写的《小池》。

小池

泉眼无声惜细流，树阴照水爱晴柔。

小荷才露尖尖角，早有蜻蜓立上头。

此情此景，年复一年，不知曾被多少人遇见又错过，而杨万里或许只是出门散步时偶遇，便将它收入了诗中成为绝唱。如他所言，不是他在找诗，是诗在找他。

《小雨》是诗人在试着读懂大自然的内心戏。

小雨

雨来细细复疏疏，纵不能多不肯无。

似妒诗人山入眼，千峰故隔一帘珠。

既不能多也不肯无的细细小雨，仿佛是老天爷因为嫉妒诗人眼里有绿水青山故而设置的一道珠帘，这一番拟人，是诗人与天地毫无隔阂的对话，将小雨的清新与淡淡的烦恼写出了童话的意境。

杨万里是大自然的挚友，也是小朋友的大朋友。儿童是他诗中永恒的主人公，无论世事多艰，杨万里诗里的孩子们只负责天真烂漫、嬉戏打闹，而他愿意做这份童真最忠诚的守护者。

儿童在《闲居初夏午睡起》中把玩柳花。

闲居初夏午睡起

梅子留酸软齿牙，芭蕉分绿与窗纱。
日长睡起无情思，闲看儿童捉柳花。

在《宿新市徐公店（二首）·其二》中急走追黄蝶。

宿新市徐公店（二首）·其二

篱落疏疏一径深，树头新绿未成阴。
儿童急走追黄蝶，飞入菜花无处寻。

又在《舟过安仁》中闲坐船中。

舟过安仁

一叶渔船两小童，收篙停棹坐船中。
怪生无雨都张伞，不是遮头是使风。

两位小童可知道，那“无雨都张伞”的微妙心机都被人识破了呀。

他看见映日荷花的全胜姿态。

晓出净慈寺送林子方

毕竟西湖六月中，风光不与四时同。
接天莲叶无穷碧，映日荷花别样红。

也不曾忽略“荷叶犹开最小钱”的清空之美。

秋凉晚步

秋气堪悲未必然，轻寒正是可人天。
绿池落尽红蕖却，荷叶犹开最小钱。

借景抒情，借物喻人，点到即止，余韵悠长。

三江小渡

溪水将桥不复回，小舟犹倚短篙开。
交情得似山溪渡，不管风波去又来。

杨万里的诗，写在临别时分，写在散步途中，也写在停泊的渡口。他在漫长岁月中脚步不停、笔耕不辍，在一次次精彩瞬间的捕捉中明确和加深“诚斋体”的底蕴与风范，也终于做到了“黄陈篱下休安脚，陶谢行前更出头”。

杨万里一生作诗两万多首，传世作品有四千二百首，连存诗近万首的陆游都自愧不如，他在《谢王子林判院惠诗编》中写道：文章有定价，议论有至公。我不如诚斋，此评天下同。钱钟书则评价，“放翁善写景，而诚斋善写生。放翁如图画之工笔；诚斋则如摄影之快镜，兔起鹘落，鸢飞鱼跃，稍纵即逝而及其未逝，转瞬即改而当其未改，眼明手捷，踪矢蹑风，此诚斋之所独也。”

人各有志，人各有路，拿得起放得下的杨万里，有着超越俗世纷扰的清醒。

“我和谁都不争，和谁争我都不屑；我爱大自然，其次就是艺术”。七百年后，英国作家兰德在小诗《生与死》中，表达了与杨万里不谋而合的价值取向，所不同的是，大自然与艺术都是杨万里的至爱，在“诚斋先生”的世界里，它们早已互相融合，不分彼此。

闲居初夏午睡起·其二

松阴一架半弓苔，偶欲看书又懒开。

戏掬清泉洒蕉叶，儿童误认雨声来。

时光荏苒，忽而今日，琅琅读书声总让人遥想，在落寞与不甘交织的那些年里，“诚斋先生”的诗曾怎样地抚慰了人心，又成全了自己。

天长地久终茫茫，牛女夜夜遥相望。他将一片丹心留给了青史，却将永远的痛留给了自己。

文天祥：

地久天长

1

假如文天祥不是文天祥，他会度过怎样的一生？

他家境优裕，才貌出众，俊眼修眉，性情豪爽，兼具好看的皮囊与有趣的灵魂，如果不做文天祥，他或许能成为一名优秀的企业家和一个浪漫的爱人，拥有辉煌的事业与幸福的家庭，他的能力与人格，都符合人生赢家的标准配置。

但这只是假如。命运的残酷在于，你无法选择与生俱来的印记。

属于文天祥的印记，是宋末状元、一代名臣和正气凛然，任何一重标签，都不允许他放飞自我。他的一生，经历了意气风发的年少时，步入仕途后的几番起伏，辞官隐退和毅然复出，直至最终慷慨就义，留取丹心照汗青。

中年以后，他的名字已经不只属于自己，而成为一个时代的标杆。

生为文天祥，他承受了这个名字的重量，履行了它所对应的职责，并赋予了它永不磨灭的光辉。

文天祥，只能是文天祥。

21岁时，他以一气呵成的万言书高中状元，毫无争议地走上了学而优则仕的道路。但这条路的艰辛坎坷超乎一个金鞭美少年的想象，尤其是当时的南宋已到了苟延残喘的末年，内部矛盾一再激化，从顺境中走来的他，对于艰险的环境无从适应，他为人处世，一如当日在殿试中的策论所剖白，以史为鉴忠肝义胆，但在阴云密布的南宋朝廷，却处处碰壁。

文天祥为官清正，“谏诤有风烈，治郡持节，廉明有威”，在核心问题上直言不讳，敢于弹劾朝中权贵，十几年间几经沉浮，早早心灰意冷，在37岁时便自请致仕，带着一身正气告别了仕途风浪。

但这只是短暂的告别。

1275年，元军南下攻宋。40岁的文天祥散尽家财，招募士卒，从此开始了一场看不见希望的抗争。此时的南宋，节节败退一路流亡，誓不低头的文天祥，是一个王朝惟余的一座灯塔，可惜这座以信念点亮的灯塔也未能持续太久。短短数年，文天祥历经出使、被俘、逃亡和惨败，足迹遍及已然破碎的山河，而一个人的顽抗，终究敌不过历史必然的潮流，崖山海战南宋灭亡，文天祥于五坡岭被俘，押送至元大都被囚禁三年后从容就义。

那不是战场上的英勇就义，而是历尽痛苦折磨后的主动选择。

三年，于征战沙场的人或许只是一瞬，于面壁思考的人，却是漫长的煎熬。在故国不堪回首的局势里，文天祥完成了一个人孤独的思考，其间面对着无数次的威逼与利诱，也权衡着民族大义与骨肉亲情的筹码，而他最终别无选择。

《正气歌》，是那一段心路历程的写照。

正气歌并序

予囚北庭，坐一土室。室广八尺，深可四寻。单扉低小，白间短窄，污下而幽暗。当此夏日，诸气萃然；雨潦四集，浮动床几，时则为水气；涂泥半朝，蒸沤历澜，时则为土气；乍晴暴热，风道四塞，时则为日气；檐阴薪爨，助长炎虐，时则为火气；仓腐寄顿，陈陈逼人，时则为米气；骈肩杂遝，腥臊汗垢，时则为人气；或圊溷、或毁尸、或腐鼠，恶气杂出，时则为秽气。叠是数气，当侵沴，鲜不为厉。而予以孱弱，俯仰其间，於兹二年矣，幸而无恙，是殆有养致然尔。然亦安知所养何哉？孟子曰："吾善养吾浩然之气。"彼气有七，吾气有一，以一敌七，吾何患焉！况浩然者，乃天地之正气也，作正气歌一首。

天地有正气，杂然赋流形。下则为河岳，上则为日星。
于人曰浩然，沛乎塞苍冥。皇路当清夷，含和吐明庭。
时穷节乃见，一一垂丹青。在齐太史简，在晋董狐笔。
在秦张良椎，在汉苏武节。为严将军头，为嵇侍中血。
为张睢阳齿，为颜常山舌。或为辽东帽，清操厉冰雪。

或为出师表，鬼神泣壮烈。或为渡江楫，慷慨吞胡羯。
或为击贼笏，逆竖头破裂。是气所磅礴，凛烈万古存。
当其贯日月，生死安足论。地维赖以立，天柱赖以尊。
三纲实系命，道义为之根。嗟予遘阳九，隶也实不力。
楚囚缨其冠，传车送穷北。鼎镬甘如饴，求之不可得。
阴房阗鬼火，春院閟天黑。牛骥同一皂，鸡栖凤凰食。
一朝蒙雾露，分作沟中瘠。如此再寒暑，百沴自辟易。
嗟哉沮洳场，为我安乐国。岂有他缪巧，阴阳不能贼。
顾此耿耿在，仰视浮云白。悠悠我心悲，苍天曷有极。
哲人日已远，典刑在夙昔。风檐展书读，古道照颜色。

那是于秽气杂陈中葆有的浩然之气，那是身居污浊斗室却不泯的豪情壮志，几乎体现了文天祥诗作的所有特质：广泛用典，从太史简到出师表，历数时运艰危时涌现的仁人志士；语言平易近人，打通了雅与俗之间的屏障，而自有一番绵长气韵；由叙事到抒情与言志，赋比兴合一，记录了自身遭遇，却并不自怜自艾，“风檐展书读，古道照颜色”，是一种超然物外的境界，是一份坦然自若的决心。

时穷节乃见，一一垂丹青。虽然文天祥未曾归附元朝，但元人主编的《宋史》给予了他至高的评价：自古志士，欲信大义于天下者，不以成败利钝动其心，君子命之曰“仁”，以其合天理之正，即人心之安尔。商之衰，周有代德，盟津之师不期而会者八百国。伯夷、叔齐以两男子欲扣马而止之，三尺童子知其不可。他日，孔子贤之，则曰：“求仁而得仁。”宋至德祐亡矣，文天祥往来兵间，初欲以口舌存之，事既无成，奉两孱王崎岖岭海，以图兴复。观其从容伏质，就死如归，是其所欲有甚于生者，可不谓之“仁”哉。宋三百余年，取士之科，莫盛于进士，进士莫盛于伦魁。自天祥死，世之好为高论者，谓科目不足以得伟人，岂其然乎！

2

毅然复出，改变了文天祥人生的轨迹，也促成了他诗歌创作的巨大蜕变。

以奉诏起兵勤王的1275年为界，他的诗歌可分为前后两期，风格与成就截然不同。

曾经，诗歌于一个衣食无忧的才子，是日常生活的锦上添花，与友人之间的相互酬唱是其主题；当家国命运系于一身，诗歌成了他不屈不挠的斗争路上最忠诚的伴侣。

诗集《指南录》创作于南宋王朝即将灭亡之时。元军大举南下，南宋危在旦夕。此时文天祥毅然出使元营，去执行一个不可能的任务——与元军议和。他因触怒了元军主帅伯颜而被羁押北上。途经镇江时，文天祥乘看守疏忽时连夜逃脱，在被元军一路追捕、被宋军怀疑叛国的腹背夹击中，历经两个多月辗转流离，才于南通脱身，乘舟南下。

隐姓埋名，乔装改扮，夜半突围，一叶飘摇，文天祥用诗歌记录了这一段虎口脱险的逃亡路，也是在用诗歌为九死一生的自己立传。一切缘起于国难当头之时，他前往皇宫陈述救国大计，作《赴阙》诗。

赴阙

楚月穿春袖，吴霜透晓鞯。

壮心欲填海，苦胆为忧天。

役役惭金注，悠悠欢瓦全。

丈夫竟何事，一日定千年。

山河破碎，王朝危急，而朝堂上下一如既往苟且偷安，“悠悠欢瓦全”。独自清醒的文天祥不曾放弃恢复中原的志向，决心要将一个人孤独的战争进行到底，期盼能实现“一日定千年”的大丈夫梦想。

命运并未格外善待他的壮志与忠心，而是以接踵而至的磨难来考验他的意志，定计难，谋人难，踏路难，得船难，给北难，定变难，出门难，出巷难，出隘难，候船难，上江难，得风难，望城难，上岸难，入城难……真实的体验无须矫饰，他直接以“难”为题写下多首诗篇。

处境在变化，心境亦起伏。从赴阙、使北、被拘，直至涉险脱身、冒死南归，文天祥诗歌的艺术风格愈渐沉郁厚重，从心灵深处接近他的文学偶像杜甫。

《乱礁洋》以磅礴激荡的状物，隐喻变幻莫测的时局，表现着自己坦荡炽热的胸怀和于纷乱中泰然处之的淡定。

乱礁洋

海山仙子国，邂逅寄孤蓬。

万象画图里，千崖玉界中。

风摇春浪软，礁激暮潮雄。

云气东南密，龙腾上碧空。

所有患难都不能动摇他的意志，诗集以《指南录》为名，更是在表明他的赤诚心意。“指南”二字出自绝句《扬子江》，爱国之情如江流澎湃汹涌。

扬子江

几日随风北海游，回从扬子大江头。

臣心一片磁针石，不指南方不肯休。

文天祥在《指南录后序》中详述了写作初衷：“予在患难中，间以诗记所遭。今存其本，不忍废，道中手自抄录。使北营，留北关外，为一卷；发北关外，历吴门。毗陵，渡瓜洲，复还京口，为一卷；脱京口，趋真州、扬州、高邮、泰州、通州，为一卷；自海道至永嘉，来三山，为一卷。将藏之于家，使来者读之，悲予志焉。”

以诗记时事，以诗记所遭，是文天祥努力践行的创作观。纵观《指南录》全集，它不仅是一个人的独白，更类似于一部现代意义上的人物传记。它刻画了一系列栩栩如生的人物形象，诗集体例架构完备，叙事翔实，落笔从容，具有很高的艺术价值，为后世留下了一部难能可贵的诗史。

文天祥一生笔耕不辍，除了著名的《指南录》《指南录后序》和《吟啸集》外，还有《集杜诗》以及《十八拍》和少量的词，此外还有在抗元前的部分诗稿等等，其著作经后人整理，被辑为

《文山先生全集》。

他的诗，在豪迈的家国情怀之外，也有细腻动人的生活感怀。《夜坐》是沉寂中的呐喊，于无声处听惊雷。

夜坐

淡烟枫叶路，细雨蓼花时。
宿雁半江画，寒蛩四壁诗。
少年成老大，吾道付逶迤。
终有剑心在，闻鸡坐欲驰。

《端午即事》由抚今追昔而笔锋一转，剖自“丹心照夙昔”的心志。

端午即事

五月五日午，赠我一枝艾。
故人不可见，新知万里外。
丹心照夙昔，鬓发日已改。
我欲从灵均，三湘隔辽海。

《二女第一百四十四》则写尽了为人父母的心痛。

二女第一百四十四

床前两小女，各在天一涯。
所愧为人父，风物长年悲。

当家与国的命运相连，身负特殊使命的人，却只能在二者之间艰难取舍。文天祥曾作《六歌》，以六首古体诗，分别悲悼妻子、亲妹、女儿、儿子、妾侍与自身的命运，多少牵挂、歉疚与哀伤，一同化作了此恨绵绵。

从扬子江到南海，从《夜坐》到《六歌》，文天祥一路跋涉，一路沉吟，他只能前行无法回头，毕生感悟都写在了《过零丁洋》中，为一个时代留下了最后的壮歌。

过零丁洋

辛苦遭逢起一经，干戈寥落四周星。
山河破碎风飘絮，身世浮沉雨打萍。
惶恐滩头说惶恐，零丁洋里叹零丁。
人生自古谁无死？留取丹心照汗青。

天长地久终茫茫，牛女夜夜遥相望。他将一片丹心留给了青史，却将永远的痛留给了自己。

大唐自是诗歌的王国，但在同题竞赛中，宋人胜出是不争的事实。

叶绍翁：
春去春又回

1

宋朝不缺巨星。宋词言情，宋诗说理，才子佳人各成一派代言人，共同托举起一个空前繁华的文化盛世，还有一些稍逊锋芒的创作者，在巨人的夹缝中兀自生长，他们像是姹紫嫣红的艺术世界里一朵朵不起眼的花儿，但因为无可掩饰的才华，亦不曾被遗忘，如叶绍翁。

每当微风送暖百花齐放，你都会想起他的千古绝句：

春色满园关不住，一枝红杏出墙来。

历经岁月的沉淀而被传诵至今的《游园不值》，让名不见经传的叶绍翁留在了诗词的花园里。

与人人都爱的苏轼，或有井水饮处皆歌的柳永相比，叶绍翁实在微不足道。苏东坡与柳七的故事，一千年后还没有说完，女词人李清照与朱淑真，也成就了宋词世界里永恒的芳华，杨万里的诚斋体和范成大的田园诗，都有自我革新、观照现实的心路历程，他们的文学与人生，直至今日仍是耐人探究的厚重课题。但叶绍翁，只有以一首诗证明的才华，和依稀可辨的身影。

关于诗人生平，一句话可以“速写”：叶绍翁，字嗣宗，浦城人，著有《靖逸小集》，南宋江湖派诗人，最擅长七言绝句。

如若试图去寻找更多的信息，大约还能了解到，他幼年家道中落，过继于叶氏，曾于朝廷任职，但无意于仕途，长期隐居于西湖之滨，与葛天民等志同道合的诗人交往酬唱。

人在江湖的叶绍翁，被归入了“江湖诗派”。这是一个因《江湖集》《江湖前集》《江湖后集》《江湖续集》等诗歌集而得名的诗歌流派。南宋后期，一些未能入仕的游士流转江湖，以献诗卖文维持生计，成为江湖谒客。当时杭州有一个名叫陈起的书商，喜欢结交文人墨客，其中有布衣，也有官宦。陈起为上述诗人刻印的诗集，总称为《江湖集》，而相关诗人就被称为江湖诗派。由于《江湖集》收录的诗人身份各异，生活年代不一，又没有公认的诗学权威，所以江湖诗派是一个十分松散的作家群体，他们只是因为大致相似的生活背景和创作倾向而被归为同类。

姜夔、戴复古、刘克庄，那些因功名不遂而浪迹江湖的下层文人，是江湖诗派的代表人物。没有那么多幽怨与不甘的叶绍翁，却写出了咏春的千古名篇。

游园不值

应怜屐齿印苍苔，小扣柴扉久不开。

春色满园关不住，一枝红杏出墙来。

咏春是诗歌屡见不鲜的题材，诗作本身的创意也脱胎于陆游的《马上作》：“平桥小陌雨初收，单日穿云翠霭浮。杨柳不遮春色断，一枝红杏出墙头。”相似的场景，唐人更不可能错过，钱钟书先生在《宋诗选注》中一一列举。温庭钧《杏花》，“杳杳艳歌春日午，出墙何处隔朱门”；吴融《途中见杏花》，“一枝红杏出墙头，墙外行人正独愁”；还有《杏花》，“独照影时临水畔，最含情处出墙头”，李建勋《梅花寄所亲》，“云鬓自粘飘处粉，玉鞭谁指出墙枝”。

时间是最公正的评判官。历尽春去春又来，被大众选择与传诵的是叶绍翁的诗篇。大唐自是诗歌的王国，但在同题竞赛中，宋人胜出是不争的事实。

《田家三咏》也是叶绍翁七言绝句的代表作。

田家三咏

织篱为界编红槿，排石成桥接断塍。

野老生涯差省事，一间茅屋两池菱。

田因水坏秧重播，家为蚕忙户紧关；

黄犊归来莎草阔，绿桑采尽竹梯闲。

抱儿更送田头饭，画鬓浓调灶额烟；

争信春风红袖女，绿杨庭院正秋千。

身处江湖之远，诗人的眼中不只有春色满园，也有民生多艰。拨开田园诗意的表象，是现实的生产关系与社会矛盾。他下笔不事张扬，也没有耸人听闻，只在从容冷静中记录农家辛苦劳作的繁忙，和勉力维持生计的仓促。尤其以第三首，于看似漫不经心的笔触中揭示了当时社会的阶级对立。

钱钟书将其与白居易“一种钱塘江畔女，着红骑马是何人”和苏轼“逢郎樵归相媚妩，不信姬姜有齐鲁”相比，认为“叶绍翁写得比白深刻，比苏醒豁”，他直言富贵人家的生活，农家妇女从未见过，最悲哀的是，便是听说了也不能相信。

另一首《夜书所见》也颇有一份在身世飘零中守住淡泊宁静的意境。

夜书所见

萧萧梧叶送寒声，江上秋风动客情。

知有儿童挑促织，夜深篱落一灯明。

萧萧梧叶与江上秋风营造的是诗人的现实处境，清寒而孤寂，此时看见远处的灯火，想到或许是儿童在逗弄蟋蟀，那样天真活泼无忧无虑，倒更衬托出“夜深篱落一灯明”的冷清寂寥。

在诗歌创作之外，叶绍翁著有《四朝闻见录》，补充了正史之不足，被收入《四库全书》。这部史料笔记，分为甲、乙、丙、丁、戊五集，凡二百零九条，记载了南宋高宗、孝宗、光宗、宁宗四朝事迹，所记多为作者亲历或耳闻，具有较高的史料价值。

2

隐逸在北宋，是遗世独立的洒脱。隐逸在南宋，却多了几许无可奈何的味道。

虽然被归入江湖诗派，但叶绍翁存世的诗作里，常常能看见林逋的影子，同样流落江湖，也同样未名未禄，他或多或少，是将这位北宋诗坛前辈尊为精神偶像。

不曾官运显赫，也并非文坛巨星，叶绍翁在文字记载中留下的影迹甚少，他的影像，比林逋更模糊。但在他的诗篇里，似乎能摸索到与林逋相似的经历：游历江南，隐居钱塘，淡泊名利，不为世俗羁绊。

“鹤”，作为一种可以表明个人心志的意象，出没在叶绍翁的诗里。

访隐者

不作王门梦，来敲隐者关。
童先孤鹤化，云伴一身闲。
碍笋新移路，低墙为看山。
几回松下去，锄得茯苓还。

与其趋炎附势，不如寻访隐士，对于自己的价值取向，他向来直言不讳。抖落了一身外在负荷的人，便如闲云野鹤一般闲适自在。“碍笋新移路，低墙为看山”是更进一层的精神升华，在自然的面前，自我更为渺小，而当懂得了与自然相处的哲学，便拥有了一份悠然自得。

秋日游龙井

引道烦双鹤，携囊倩一童。
竹光杯影里，人语水声中。
不雨云常湿，无霜叶自红。
我来何所事，端为听松风。

童子与双鹤，是他秋游的标准配置。竹与人，云和叶，光与声，现实和倒影，于寥寥数笔中轻松点染，写实与写意交融，宛若铺开了一幅清幽古朴的山水画卷。他描写自然景象的能力，皆源于日常生活中的观察与亲近，而醉翁之意不在酒，绍翁之意也不在秋色吧，“我来何所事，端为听松风”，总有一种含蓄的情怀溢出字里行间。

西溪

一条横木过前溪，村女齐登采叶梯。
独立衡门春雨细，白鸡飞上树梢啼。

西湖秋晚

爱山不买城中地，畏客长撑屋后船。
荷叶无多秋事晚，又同鸥鹭过残年。

西湖、西溪是他为自己选定的归宿。他享受着四时之景在眼前变换，并在诗中记录了似水流年中的清新乐章。那是决然不同于繁华都市的景致，没有店铺林立歌舞升平，横木，荷叶，白鸡和鸥鹭都是主角，未必有多么美，但确是真的热爱，一句“爱山不买城中地”自是人各有志的坦荡。

在诗里可以不问世事，但现实的生活与处境，不可能脱离大时代的影响。在南宋江湖派诗人中，叶绍翁以清新质朴的风格脱颖而出，却也止步于此。

如其著作《四朝闻见录》成为正史的补充，叶绍翁其人其诗也丰富了宋诗的层面，在被时代注定的格局里，他找到了适合自己的生活方式，也建立了属于自己的风格，叶绍翁的春天，风光兀自明媚。

第4辑

佳人

古往今来，才女佳人辈出，但李清照始终稳坐第一把交椅，是因为她将感性书写与理性思考自觉融合，是因为她前无古人，却激励了来者无数。

李清照：
南辕北辙

1

北宋的李清照，像是童话中的白雪公主。

她生在一个富足而又开明的家庭里，父亲李格非进士出身，又是苏轼的学生，博学多才，且酷爱藏书，母亲也来自诗书世家，文艺修养深厚。作为掌上明珠的李清照，最不缺的就是书香与诗意。

集万千宠爱和天资聪慧于一身的李清照，不仅仅是赢在起跑线上。成就一个女词人的各项配置，她全部拥有，而且不只是达标，她手握的是接近满分的优质资源。

宋人笔记里说她“自少年便有诗名，才力华赡，逼近前辈”，也曾受到当时的文坛名家、苏轼的大弟子晁补之（字无咎）的大力称赞，“善属文，于诗尤工，晁无咎多对士大夫称之”。

诗与书，对于为了生计而奔波的人，是不折不扣的奢侈品，但对于年少时的李清照，却是不可或缺的必需品。她无须操心柴米油盐，悲春伤秋也不是她精神生活的主题，明朗少女李清照随父亲生活于汴京，阅尽世间繁华，胸中自有丘壑。

每个中国人的心中大概都有一幅《清明上河图》，在那幅流动的画卷中，有多少亭台楼榭小桥流水，多少车水马龙川流不息，来来往往的人们穿什么样的衣服，梳什么样的发式，似乎拿支铅笔就能一气呵成。

那是汴京最后的辉煌。欣欣向荣的商品经济和难以复制的浪漫诗意，构建了最宜于才子佳人诞生与成长的时代背景，流连于此间的李清照，深得家学滋养，而又感悟世情，拥有了开阔的视野与格局，天赋、勤奋与得天独厚的平台，让她在堪称才华过剩的北宋词坛初露锋芒。

如梦令·常记溪亭日暮

常记溪亭日暮，沉醉不知归路。兴尽晚回舟，误入藕花深处。争渡，争渡，惊起一滩鸥鹭。

争渡，争渡，惊起一滩鸥鹭，也惊艳了一段时光。

此时的宋词，已然在浑朴厚重的底色上，开出了气象万千的花朵。从清丽婉约的闺中情思到壮丽豪放的怀古咏今，柳永，周邦彦，苏轼，范仲淹，一代词人在各自擅长的领域中精心耕种，形成了“婉约”与“豪放”两种鲜明的气质类型，那是一个巨星云集硕果累累的黄金时代，风格与派别之争渐趋激烈，而创作者的热情不曾消减。

身处其间的李清照，在物质生活的优裕之上，获得了丰厚的文学滋养。宋词创作的繁荣，让才华横溢的少女如鱼得水。直至一首《如梦令·昨夜雨疏风骤》问世，一举轰动了整个汴京，“当时文士莫不击节称赏，未有能道之者”。

如梦令·昨夜雨疏风骤

昨夜雨疏风骤，浓睡不消残酒。试问卷帘人，却道海棠依旧。知否，知否，应是绿肥红瘦。

题材依然不离宋词的本分——闺情，只是少了通常的幽怨，而更多几分痴与嗔。短短数行，写得曲折委婉，极富层次，因惜花而痛饮，因明知花谢却又抱有一丝侥幸心理而“试问”，因不相信“卷帘人”的回答而再次反问，如此迂回婉转，步步深入，直至以创意新奇的“绿肥红瘦”戛然而止，将微小的主题表达出了丝丝入扣的意蕴，并不过分渲染，却让人沉醉于词境中。

唐诗有“夜来风雨声，花落知多少”，宋词有“知否，知否，应是绿肥红瘦”，李清照与孟浩然无意之中遥相呼应，是因为对自然的热爱与对生命的思考，本身便可以跨越时空不限文本而存在。

满腹诗书底蕴深厚，个性中又有不拘一格的洒脱，让李清照的创作境界无比开阔，她可以细腻婉约，亦能理智深邃。她读了张耒的《读中兴颂碑》诗后，当即写出了《浯溪中兴颂诗和张文潜（二首）》，借古喻今，表露了对北宋末年朝政的担忧。

两首咏史诗气势豪放，酣畅淋漓，总结唐朝“安史之乱”前后兴败盛衰的历史教训，鞭挞腐化昏聩的唐明皇与谄媚误国的佞臣，由此影射北宋末年的腐败朝政，劝诫宋朝统治者当以史为鉴。关注江山社稷、拥有大历史观的李清照，不仅不为闺阁情思所约束，更突破了性别的藩篱，不让须眉、锋芒毕露地完成了自己的政治批判。与生俱来的自信与后天累积的感悟相结合，一同成就了李清照的创作理念与人生态度。

作为创作者的李清照，亦果敢投身于文学批评。她在《词论》中梳理了词的数百年发展脉络与创作经验，提出了关于词之文体、题材及主题的规定性的个人见解——“别是一家”论，主张维护词的传统风格，要求词在形式上严守律，内容上主情致，风格上尚文雅，以达到严守诗词之别、维护词的本色的目的。

据夏承焘先生考证，《词论》是李清照于南渡前所作，至于其后因时局变化而带来的词风的转变，是李清照所不能预料的。李清照的论文虽然只表达她个人的主张，但是她的主张基本上代表了当时多数人认为词应该以婉约为正宗的看法。

苏轼“以诗为词”引起词坛争议，而李清照提出“别是一家”论，强调的正是词与诗的分野，强调词配合词牌所对应的曲调演唱的重要性，她通过对先前各家的点评，系统地阐述了优秀词作的标准。客观而言，李清照的论述符合词的发展实际，她在创作中践行着自己的文学理念。

莫道不消魂，帘卷西风，人比黄花瘦。

和羞走，倚门回首，却把青梅嗅。

云中谁寄锦书来，雁字回时，月满西楼。

记录自然，赞美生活，寄托情感，表达思念，李清照的词典雅清新，透过女性细腻的视角抒发对世间美好事物与情感的热爱，却不曾拘囿于狭小闺阁中。

直至大时代的背景剧变，她依然拥有诗词这个永恒的灵魂伴侣。

2

南宋的李清照，从童话坠入了凡尘。

其心境变迁，在词句中淋漓尽致展现。

声声慢·寻寻觅觅

寻寻觅觅，冷冷清清，凄凄惨惨戚戚。乍暖还寒时候，最难将息。三杯两盏淡酒，怎敌他、晚来风急？雁过也，正伤心，却是旧时相识！

满地黄花堆积。憔悴损，如今有谁堪摘？守着窗儿，独自怎生得黑？梧桐更兼细雨，到黄昏、点点滴滴。这次第，怎一个愁字了得！

寻寻觅觅的，是曾经拥有而如今已不再的美好。三杯两盏淡酒，不复往日“沉醉不知归路”的快意，不过艰难时日里残留的慰藉。点点滴滴的梧桐细雨，如同下在心里，此时也无须字斟句酌的典雅了，“怎一个愁字了得”最能表达这一刻的情境。

愁，成了李清照生命下半场的主题。

武陵春·春晚

风住尘香花已尽，日晚倦梳头。物是人非事事休，欲语泪先流。

闻说双溪春尚好，也拟泛轻舟。只恐双溪舴艋舟，载不动许多愁。

一个王朝的背影，从繁华归于落寞。一个女人的史诗，便由美丽转入了哀愁。

当日的汴京，被封存在那幅暖色的画卷里轻缓流动着。大御前街与巍峨皇宫，雕栏玉砌应犹在，光影交错中，无限繁华无限风流仿佛还在喧哗上演，女词人所留恋的，却非浮华表象，她的笔触只投向现实。

陆游以逾万首诗作，不厌其烦地表达对于“王师北定中原日”的期盼，和“此身合是诗人未”的怨念。但李清照只用短短二十个字，便纵横古今力透纸背，将一代知识分子的正气凛然，留在了历史长河中。

夏日绝句

生当作人杰，死亦为鬼雄。

至今思项羽，不肯过江东。

李清照的一生与诗词相伴，也与身后风云变幻的时代浪潮紧紧相连，两条曲线彼此纠缠，其间有生逢其时的风华绝代，亦有命中注定的无可奈何。

她与赵明诚的婚姻，是“琴瑟和谐”的典范。“共好金石”，相同的志趣是夫妻二人相濡以沫的基石。生活无忧时，一起“淘宝”、一同收藏金石书画加深了他们在审美与志趣上的默契，连频繁出入典当铺，“冬天当夏衣，夏天当冬衣”都堪称精彩花絮。

但从汴京到青州到更遥远的地方的颠沛流离中，生活的境况不复从前，赵明诚对金石的痴狂却只增不减，李清照没有抱怨只有支持，直至最终接棒赵明诚，完成《金石录》三十卷的编纂，并在《后序》中，记录了夫妇二人收集金石拓本、书籍、古器以及最后逐次散失的详细经过。《金石录》一书，著录其所见从上古三代至隋唐五代以来，钟鼎彝器的铭文款识和碑铭墓志等石刻文字，是中国最早的金石目录和研究专著之一。

易安词在严守传统中开拓更新，《金石录》在金石研究上继往开来，婚姻不曾使她变得庸俗，而是增加了她生命的厚度。“赌书消得泼茶香”，那一段琴瑟和谐的时光终究化作了纳兰词中的绮丽向往。

她不是一位高产的作家，其词流传至今的只不过四五十首，但却“无一首不工”“为词家一大宗矣”。她的《词论》不但是在宋代词坛上有独特见解、有组织条理的第一篇专注于词的论文，更是中国历史上女作家所著的第一篇文学批评，与她那“花中第一流”的词一起，成为中华民族文学宝库的珍贵遗产。

与时代相联，而又努力跳脱时代局限，以女性独具的洞察力咏叹生活，文学主张与个人志向却从未被性别所束缚，李清照的传奇，因此拥有了超越“美丽与哀愁”的价值。早在青春年少时，她曾以一首《鹧鸪天·桂花》一鸣惊人，这首吟咏桂花的词作清丽脱俗，也像是她一生追求的写照。

鹧鸪天·桂花

暗淡轻黄体性柔，情疏迹远只香留。何须浅碧轻红色，自是花中第一流。

梅定妒，菊应羞，画阑开处冠中秋。骚人可煞无情思，何事当年不见收。

古往今来，才女佳人辈出，但李清照始终稳坐第一把交椅，是因为她将感性书写与理性思考自觉融合，是因为她前无古人，却激励了来者无数。

爱是一切快乐的源泉，又是所有忧伤的起点。

朱淑真：
一个人的阳春白雪

多少当代女作家，凭借才华逆转了自己的人生，创造了属于这个时代的传奇。

把目光转向近千年前，一位不世出的女词人却因为才华横溢而身陷无边的痛苦之中直至肝肠寸断，此恨绵绵。

朱淑真的短暂一生，就是一部“罗曼蒂克消亡史”。

如同所有家境优越的女孩，她在无忧无虑的氛围中成长，对于未来有着无比美好的憧憬。她生于南宋的杭州城，钱塘风光明媚清新，而官宦家庭丰衣足食，朱淑真的童年几乎没有缺憾，拥有坚实的物质保障，受到良好的教育，精通诗词书画和音律，偶尔帮父亲整理古董，虽养在深闺，但吟诗作词的日子并不乏味。

春景

斗草寻花正及时，不为容易见芳菲。

谁能更觑闲针线，且滞春光伴酒卮。

才情过人的骄傲女子热爱的是自然和艺术，单调拘束的女工针线，怎能与斗草寻花的快乐相比，更何况她还要开怀畅饮，与春光干杯。

作为开明人家的掌上明珠，她度过了阳光灿烂的少女时代，直至情窦初开。

爱是一切快乐的源泉，又是所有忧伤的起点。

少女心境的变迁，流露在诗词中。《西江月·春半》中，她已不自觉表达出对于“绿肥红浅”的怜惜，而“卷帘无语”和“飞鸟知还”中，褪去了当日最纯粹的轻松欢快，女孩在似水流年中慢慢成熟，一样的春日，有了不同的况味。

西江月·春半

办取舞裙歌扇，赏春只怕春寒。卷帘无语对南山，已觉绿肥红浅。

去去惜花心懒，踏青闲步江干。恰如飞鸟倦知还，澹荡梨花深院。

但无论天真明快或是清丽忧伤，宋词的话语权不属于女词人，最擅长抒写闺怨的婉约词，亦由男性统帅。“庭院深深深几许”是欧阳修的感慨，“琵琶弦上说相思”是晏几道的惆怅，所以朱淑真的明媚与哀伤，在大多数时候，都只是一个人的阳春白雪。

这位聪慧的少女更不知，这一份超越世俗的阳春白雪，将注定她日后“断肠人在天涯”的命运。

朱淑真的感伤，多半源自多情与才思。

她沉醉于诗词创作中，即使有影影绰绰“不堪回首”的往事，也只是化作词中的“何处唤春愁”，她依然是“暗香流”与“莺声巧”的捕捉者。

眼儿媚·迟迟春日弄轻柔

迟迟春日弄轻柔，花径暗香流。清明过了，不堪回首，云锁朱楼。

午窗睡起莺声巧，何处唤春愁。绿杨影里，海棠亭畔，红杏梢头。

《菩萨蛮·木樨》则刻画了桂花独具一格的美，“恼人香”里或多或少有几分自怜吧，感叹自己才华过人，却未能换取同样流光溢彩的人生。单纯的女词人尚不知，女性的才华在那个时代里并不讨巧，甚至是有些不合时宜的。

菩萨蛮·木樨

也无梅柳新标格，也无桃李妖娆色。一味恼人香，群花争敢当。

情知天上种，飘落深岩洞。不管月宫寒，将枝比并看。

据言她曾有一段美好的初恋，却因为种种原因两地分隔未成眷属。后来嫁与他人，她对生活仍然充满诗意的向往，常作诗词以感化夫婿，可惜未能如愿。情感历经坎坷的朱淑真，在日渐萧瑟的年华中孤独而终，父母碍于世俗眼光，将她写下的大量诗词付之一炬。

后人将其流传在外的诗词辑成《断肠集》(诗)二卷,《断肠词》一卷及《璇玑图记》，辗转相传，有明毛晋《诗词杂俎》本、无名氏《紫芝漫钞》本、清《四库全书》本、清光绪年间丁丙所辑《武林往哲遗著》本等多种版本,20世纪唐圭璋所编《全宋词》本最为精审。明人戴冠有《和〈断肠词〉》一卷，在一定程度上保存了朱淑真词集的原貌。

朱淑真的文学成就，常被后世与李清照相提并论，但李清照毕竟有属于自己的黄金时代，从少女时期一直延续到与赵明诚的婚后生活中。“共好金石”的相同志趣支持着夫妻二人在颠沛流离的生活中相濡以沫，直至最终由李清照接棒赵明诚，完成《金石录》三十卷的编纂，并在《后序》中，记录了夫妇二人收集金石拓本、书籍、古器以及最后逐次散失的详细经过。

那一段“赌书消得泼茶香”的美好时光成了“琴瑟和谐”的诗意注解，而朱淑真的浪漫却停留在向往中，直至连向往都幻灭，她便成了彻底的断肠人。

朱淑真词虽苦于只能拘囿于闺阁中，倒有一份把酒送春的直率。

蝶恋花·送春

楼外垂杨千万缕，欲系青春，少住春还去。犹自风前飘柳絮，随春且看归何处。

绿满山川闻杜宇。便做无情，莫也愁人苦。把酒送春春不语，黄昏却下潇潇雨。

清陈廷焯云：“朱淑真词，风致之佳，词情之妙，真不亚于易安。宋妇人能文者不少，易安为冠，次则朱淑真，次则魏夫人也。”

流连于风致情思中的朱淑真并未止步于此，她对于自身命运与大时代的关联有着自觉的认知。

《鹊桥仙·七夕》是叹息，更是诘问。

鹊桥仙·七夕

巧云妆晚，西风罢暑，小雨翻空月坠。牵牛织女几经秋，尚多少、离肠恨泪。

微凉入袂，幽欢生座，天上人间满意。何如暮暮与朝朝，更改却、年年岁岁。

究竟是什么造就了离肠恨泪年年岁岁，谁来解答？

对于多情而聪慧的魏夫人来说，最大的悲哀莫过于，她笔下所有的爱与伤，都是单向的表达，鲜少得到对方的回应。也幸而还有文字，陪她对抗半生寂寥，那些落寞虚掷的大好光阴，那些灯下枯坐的漫漫长夜，都成了她一个人的创作时间，无意间在另一个层面上成就了她。

魏夫人：
一千年以后

假如生于一千年以后，魏夫人可能会拥有无比精彩的人生。

可惜没有假如。生活在北宋的她，虽身兼咏絮才与停机德，一生收获的最高褒奖也只是“魏夫人”这个尊称。魏夫人因恪守三从四德而被赞赏，泯然众人，面目模糊。

没有确切的生卒年月，也没有官方记录，魏夫人的名字却兀自穿越了漫长岁月，至今仍被记住、被谈论，因为在此名下的那些诗与词里，有着掩藏不住的才华。

就让我们和她一起回到宋朝吧。魏夫人出生在一个怎样的年代呢？那是一个一度开启了黄金时代的王朝，政通人和，百废俱兴，商品经济繁荣，市民生活丰足，文坛群星闪耀，一场影响深远的改革正在酝酿。

但是这一切，与一个养在深闺的女子没有多少关系。少女生活的日常，是于家中娴静，偶尔吟诗作赋打发时光，抒发一点为赋新词强说的闲愁。

在那个时代，少女魏玩的人生起点很高，不必为生计操心，不用为挣脱生存环境而烦恼，她在无忧无虑中成长，熟读诗书，身心健康，直至顺利地嫁入书香门第，成为真正的魏夫人。魏夫人是曾布的夫人，曾布出身耕读世家，祖父与父亲皆为北宋名臣，兄长曾巩名列“唐宋八大家”，是北宋诗文革新运动的骨干。

这是门当户对的婚姻，也似乎是喜好诗文的新嫁娘的理想归宿。人生的后半程，关键词或许是志趣相投、相濡以沫。但这只是美好的愿望。她未必不食人间烟火，却一定不谙仕途险恶。曾布毕生追逐名利，身为朝臣自顾不暇，对于诗词歌赋与琴瑟和谐，他没有太大的兴趣。

魏夫人婚后的多半时光，是与寂寞相对。或许是命运的嘲讽吧，这无边的寂寞，反倒成就了她的词作。再也无须为赋新词强说愁了，真真切切的忧愁，萦绕在词中，挥之不散。

为离愁所困的人儿，眼中的春天也处处是感伤。一曲《菩萨蛮·溪山掩映斜阳里》中，有令人称道的意象铺陈，斜阳、鸳鸯、红杏、绿杨，无不出自对生活场景细腻的观察与捕捉，且在词句中形成了动静相宜、明暗相间的层次架设。

菩萨蛮·溪山掩映斜阳里

溪山掩映斜阳里。楼台影动鸳鸯起。隔岸两三家，出墙红杏花。

绿杨堤下路，早晚溪边去。三见柳绵飞，离人犹未归。

只是这春色再明媚，也无助于排遣忧愁。“三见柳绵飞”，光阴似箭，年华易逝，而心中思念的人却迟迟不曾归来。鸳鸯与离人，最是让人心酸的对照。

离人也会归来。只是那偶然的相聚，于漫长岁月中，只是片刻温馨。小团圆后，又是长相思，匆匆一别后，“此恨年年有”，离愁更深了一层，独自凭栏依然是更为寻常的画面。《点绛唇·波上清风》以寥寥数笔，抒发了人生聚散无常的无奈。

点绛唇·波上清风

波上清风，画船明月人归后。渐消残酒，独自凭栏久。

聚散匆匆，此恨年年有。重回首，淡烟疏柳，隐隐芜城漏。

草木也知愁，韶华竟白头。在时光流逝中，画船明月的风雅渐渐退出了魏夫人的词句，“愁听残漏”与“一声凄咽”的意境映衬着悲凉的心境。曾布一生历经风波，而无论身处权力中心或是被贬谪在外漂泊，他都不曾认真体会过魏夫人的心绪，或者可以说，他几乎没有时间来体会这份超越名与利的情思。

好事近·雨后晓寒轻

雨后晓寒轻，花外早莺啼歇。愁听隔溪残漏，正一声凄咽。

不堪西望去程赊，离肠万回结。不似海棠阴下，按凉州时节。

一个才华横溢且贤良淑德的女子，最好的时光却都付与了断壁残垣。

对于多情而聪慧的魏夫人来说，最大的悲哀莫过于，她笔下所有的爱与伤，都是单向的表达，鲜少得到对方的回应。也幸而还有文字，陪她对抗半生寂寥，那些落寞虚掷的大好光阴，那些灯下枯坐的漫漫长夜，都成了她一个人的创作时间，无意间在另一个层面上成就了她。魏夫人著作颇多，理学大师朱熹将她与李清照相提并论："本朝妇人能文者，惟魏夫人、李易安二人而已。"

曾布作为王安石变法的重要支持者，宦海沉浮四十年，周旋于党争的泥淖中，一度备受重用，也几经贬谪，留下了颇多争议。但他所有的挣扎与荣辱，都与魏夫人毫不相干。她渴望的志同道合与夫唱妇随，始终未能实现。她尝尽寂寞之苦而又放不下表面上的尊荣，只能在孤独中走过无尽岁月，在词里追忆似水年华，治愈一个人的爱与痛。

《卷珠帘·记得来时春未暮》堪称一曲绝唱。

卷珠帘·记得来时春未暮

记得来时春未暮，执手攀花，袖染花梢露。暗卜春心共花语，争寻双朵争先去。

多情因甚相辜负，轻折轻离，欲向谁分诉。泪湿海棠花枝处，东君空把奴分付。

时光改换了容颜，但女词人内心的纯真不变。"记得来时春未暮"，那是心底永远的珍藏，自然真挚，堪比纳兰词中的"人生若只如初见”。虽然内心已历尽沧桑，但曾经“执手攀花”的美好，恍如昨日。作词的人却深知，已然无法回到昨天，不必再去追问究竟为什么要辜负这如花美眷似水流年，因为这无言的结局，竟不能改写。

她的念念不忘，始终未曾得到回响。她选择了被动的和解，也认可了无可奈何花落去的命运。

清人陈延焯认为：“魏夫人词笔颇有超迈处，虽非易安之敌，亦未易才也。”与公认的才女李清照相比，魏夫人的才情也毫不逊色，魏夫人的词，状物清新，描写细腻，结构精巧，而抒情真挚。只是在那些主张女子无才便是德的时代，女词人的作品甚至不能被完整地存留。她的著作《魏夫人集》已散佚，存世不多，《全宋词》辑录了她的词作14首。周泳先辑为《鲁国夫人词》一卷。

明朝杨慎在《词品》中评论：“李易安、魏夫人，使在衣冠之列，当与秦观、黄庭坚争雄，不徒擅名于闺阁也。”

但与秦观、黄庭坚争雄，到底只是后世的假想。拥有不世出的才华和健康的情操，魏夫人本可以去往更高的境界，奈何时代关上了她通往宽广世界的门，她的文学与人生，都只能停留在闺情与离怨中，黯然销魂。

一曲《系裙腰·灯花耿耿漏迟迟》，可视为相对大胆的尝试。

系裙腰·灯花耿耿漏迟迟

灯花耿耿漏迟迟。人别后、夜凉时。西风潇洒梦初回。谁念我，就单枕，皱双眉。

锦屏绣幌与秋期。肠欲断、泪偷垂。月明还到小窗西。我恨你，我忆你，你争知。

这是对于爱情不幸的公然表达，如此露骨的词句在当时曾掀起过多少波澜，今天已无从知晓，只能揣测庭院深深中的魏夫人，在多少凄苦的日与夜中煎熬，终于鼓起了勇气去谴责这一段失败婚姻带来的伤害，却终究只能止步于此。

她一生的不幸皆源于封建礼教，而她自己又在浑然不觉中成为其代言人。

天资聪颖、品行善良如魏夫人，如果生活在今天，她的人生会拥有开阔的格局吧，她不必花费一生去纠结于情感的苦痛，而大可转身离开；又或许，她的追求不会停留在爱与恨中，世界那么大，她有事业可以发展，有理想可以去追求；她当然也不会像偶像剧的女主角一样一帆风顺，享受全世界的宠爱，但能在不断的成败得失中实现自我价值，哪里还有时间去泪湿海棠或凭栏独立，曾经让人衣带渐宽的情伤，都真的不值一提了。

假想归假想。一千年前的魏夫人，只能在想象中乘风破浪。

第5辑

学者

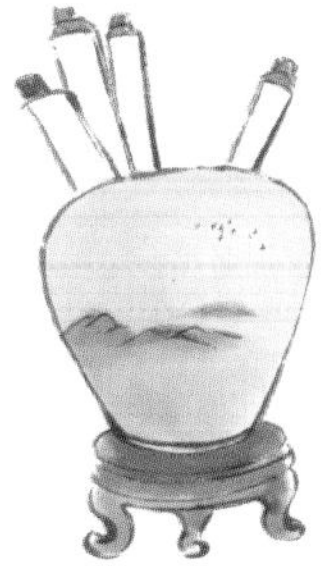

那是司马光一生的“高光”时刻。他在这远离风浪的十五年中，回归了少年时的沉心静气，完成了一个书生最初的梦想，虽鞠躬尽瘁而终不悔也。

司马光：

夜以继日的求实

1

北宋没有“996”，但司马光凭借一己之力发起了学术与职场“内卷”。

“砸缸救友”的故事流传了一千年，也将司马光定格在机智少年的光环下。但事实上，与天资聪颖相比，或许他本人更加认可的评价是勤奋。“日力不足，继之以夜”，是他的自诩，他是儒学教化下刻苦自律的典范。

书山有路勤为径，早慧的司马光自幼懂得。出身官宦家庭的少年，因为聪明好学又诚实稳重，得到了父亲格外的爱护与栽培。其父司马池任职地方时，总把司马光带在身边，让他在苦读圣贤书的同时，领略风土人情，了解社会现实，于潜移默化中开阔了心胸，放大了格局。

司马光没有辜负长辈们的厚爱，所到之处，皆以勤学刻苦闻名。才学过人之外，他身上还有难得的老成，务实而又踏实，不相信捷径，只相信一分耕耘一分收获，在他获得的赞誉中，聪明与勤奋总是密不可分。

朱熹编纂的《三朝名臣言行录》里记载了司马光年少时的轶事：

> 司马温公幼时，患记问不若人。群居讲习，众兄弟既成诵，游息矣；独下帷绝编，迨能倍诵乃止。用力多者收功远，其所精诵，乃终身不忘也。温公尝言："书不可不成诵。或在马上，或中夜不寝时，咏其文，思其义，所得多矣。"

小小年纪的司马光，已有"中夜不寝"去咏与思的自觉精神，卓尔不群于"众兄弟"中，这让他成为励志故事里笃信天道酬勤的主人公，也为他完成一生最重要的工作打下了坚实的基础。

天道酬勤，二十岁的司马光高中进士，由此步入仕途。少年得志，意气风发，辗转地方与京都任职，他恪守封建士大夫的为官与为人准则，严于律己，厉行节俭，从政数十年成绩斐然，但宦海生涯身不由己，积贫积弱、内外交困的北宋，危机四伏暗流涌动，一次次并不彻底的变革未能改变局面，反而激化了社会矛盾，政治倾向正统保守的司马光屡屡谏言而不被采纳，历经波澜起伏，直至王安石变法后，卷入了北宋政坛"新旧党争"，终于萌生了退意。

关上一扇门，打开一扇窗。官场的一退步，带来了学术上的巨大进步。52岁那一年，司马光做出了人生中最重要的决定。在当时的汴京政坛格格不入的他请求外任，从此退居洛阳不问政事，此后漫漫十五年，司马光夜以继日专心致志，主持编撰了294卷近400万字的编年体史书《资治通鉴》。

洛阳十五年，远离纷争的司马光，为自己建造了一个纯粹的精神家园。他的住处独乐园，也是《资治通鉴》的“编辑部”，一应陈设素朴简洁，如司马光平日里的生活主张，斯是陋室，却谈笑有鸿儒，往来无白丁。除了司马光之外，当时的著名学者刘恕、刘攽和范祖禹都参与了这项工作。《资治通鉴》书局随司马光迁入洛阳后，不仅有书局的工作人员在园中常住，当时洛阳的名贤如“二程”、邵雍、文彦博等人也常来此聚会。此时的独乐园，是一座意见交流的平台，时刻上演着思想火花的碰撞，代表了北宋学术水准的巅峰，交融着理想主义的浪漫与现实主义的勤奋。

那是司马光一生的“高光”时刻。他在这远离风浪的十五年中，回归了少年时的沉心静气，完成了一个书生最初的梦想，虽鞠躬尽瘁而终不悔也。

《资治通鉴》是中国最大的一部编年史，上起战国初期韩、赵、魏三家分晋（前403年），下讫五代（后梁、后唐、后晋、后汉、后周）末年赵匡胤（宋太祖）灭后周以前（959年），以年月为经，以史实为纬，顺序记写，将重大历史事件的前因后果与各方关联都交代得清清楚楚，通贯古今，纵横交错，全景式呈现了史实的发展脉络。

这是司马光以为君亲政、贤明之道为出发点所编写成的一部巨著。在横跨中国16个朝代的历史中，详近略远，隋唐五代371

年，占全书内容近半，史料价值最高，其中尤以贤明政治时期，如文景之治，贞观之治等等为重点着墨。所谓“删削冗长，举撮机要，专取国家盛衰，系生民休戚，善可为法，恶可为戒者，为编年一书，使先后有伦，精粗不杂。”

《资治通鉴》的内容以政治、军事和民族关系为主，兼及经济、文化和历史人物评价，目的是通过对事关国家盛衰、民族兴亡的统治阶级政策的描述警示后人。在这部书里，编者总结出许多经验教训，供统治者借鉴，宋神宗认为此书“鉴于往事，有资于治道”，即以历史的得失作为鉴诫来加强统治，所以定名为《资治通鉴》。

闭门修书十五载，再回到现实，已恍如隔世。司马光在《进资治通鉴表》中说：“臣今筋骨癯瘁，目视昏近，齿牙无几，神识衰耗，旋踵而忘。臣之精力，尽于此书。”司马光为此书竭尽全力，成书不到两年，他便积劳而逝。《资治通鉴》从发凡起例至删削定稿，司马光都亲自动笔，不假他人之手。

《资治通鉴》成书后，元丰八年，范祖禹、司马康、黄庭坚、张舜民等奉命重行校定，元祐元年校定完毕，送往杭州雕版，元祐七年刊印问世。为其付出最多心血的司马光，却未能等到它的出版。

只有时间能弥补这份遗憾。《资治通鉴》作为历史巨著，且因司马光一人精心定稿，统一修辞，故优美生动，一以贯之，且有相当高的文学价值，历来与《史记》并列为中国古代史家不朽之作，司马光的“求实”，在时间的河流中，在历朝历代读者的品读中，激起无数回响。

近代著名学者梁启超评价《资治通鉴》时说：“司马温公《通鉴》，亦天地一大文也。其结构之宏伟，其取材之丰赡，使后世有欲著通史者，势不能不据以为蓝本，而至今卒未有能愈之者焉。”

2

司马光最爱的是工作，而在他身处的时代，只有君王能够决定他工作的环境与成果。

这个史上著名的工作狂，留下的诗词大多是在言情，请不要诧异，他抒情的对象并非“莺莺”与“燕燕”或“小蘋”和“小莲”，他的诗与词，始终是在表达对于朝政的一片忠诚。

相比于修史和从政，文学不是他的主场，“至于属文，实非所长”。但对于文学创作，司马光的观点鲜明，“务为可用之文，推崇文以载道”，他反对华而不实矫揉造作，主张诗词应有感而发，抒写真我。

他的诗作里没有辞藻的堆砌，他也没有时间与精力去“炼”字，一如为人处世的风格，行文简洁直白，落笔雷厉风行。

《春晓》在质朴的描述中隐约透露忧虑不安，令士人辗转难眠的，不仅是风雨与攲枕吧。

春晓

钟漏初传晓，满窗风雨寒。
东岗行可种，攲枕不成安。

《闲居》坦言自己因直言不讳落入了“门可罗雀”的境况，但在颓废中仍然抱有一丝希望，希望心声能被倾听。

闲居

故人通贵绝相过，门外真堪置雀罗。

我已幽慵僮便懒，雨来春草一番多。

《客中初夏》更是以柳絮和葵花的对比，表明了自己决不投机取巧趋炎附势，而是对朝廷一片赤诚。

客中初夏

四月清和雨乍晴，南山当户转分明。

更无柳絮因风起，惟有葵花向日倾。

司马光存世词作仅三首，它们看上去与大多数缠绵悱恻的婉约词并无不同，而事实上，司马光的醉翁之意并不在酒，作为史上著名的工作狂，他在纯属业余的写作中，依然表达着对于社会现实的万千思虑。

《阮郎归·渔舟容易入春山》文笔清丽，构思精巧，于“落花寂寂”与“水声潺潺”的幽深情境中，道出时过境迁的淡淡无奈。

阮郎归·渔舟容易入春山

渔舟容易入春山，仙家日月闲。绮窗纱幌映朱颜，相逢醉梦间。

松露冷，海霜殷。匆匆整棹还。落花寂寂水潺潺，重寻此路难。

另一首《西江月·宝髻松松挽就》至今仍被人津津乐道。

西江月·宝髻松松挽就

宝髻松松挽就，铅华淡淡妆成。青烟翠雾罩轻盈，飞絮游丝无定。

相见争如不见，多情何似无情。笙歌散后酒初醒，深院月斜人静。

司马光对工作的热爱无可救药，他对情感的理解亦敏锐犀利。“宝髻松松挽就，铅华淡淡妆成”是天然的美态，“相见争如不见，多情何似无情”是只可意会的情感境界。“笙歌散后酒初醒，深院月斜人静”则留下了意味深长的想象空间，这一首小令里，有晏几道的痴情，李清照的风流，最终归于司马光自己的驾轻就熟。无论是纯粹言情，抑或是借言情以明志，都是浑然天成的佳作。

司马光晚年自号“迂叟”，是致敬他喜爱的诗人白居易，也是自嘲。这一生，为人，为学，为文，历尽艰辛而能得一个“迂”字，足矣。

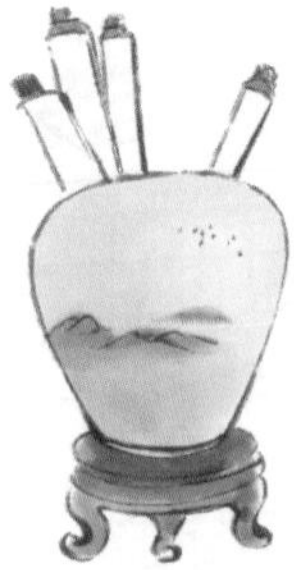

周敦颐的志向明确，而他的思想局限也客观存在，如同漫长历史中多少追求真理的人们，在那些独自求索的岁月中，他或许也时常面对举头望明月、低头只能捡起六便士的困境。思维的乐趣与现实的无奈，往往如影随形。

周敦颐：

如果莲知道

1

周敦颐生于北宋中期，一个亟需精神治愈的时代。

五代十国穷兵黩武，乱世中的人们尝尽了颠沛流离的痛苦。结束了兵荒马乱的北宋王朝，迫切需要建立主流的思想体系与价值观，以抚慰伤痛的灵魂，鼓舞新生的力量。

宋真宗时期，由于澶渊之盟的签订，北宋开始了由动荡走向平稳的过渡，发展经济、选拔人才、繁荣文化，成了当时社会的主题。再现锦绣繁华的太平盛世，是空前一致的渴望。但首先，被战争摧毁的规范需要重建，被伤痕磨灭的信念需要恢复。

如此前历次思想大“爆炸”，在划时代的社会变革后，历史在期待着一位哲学巨星的诞生。

宋真宗天禧元年，男孩周敦颐出生在湖南永州，家世平凡，乡野宁静，无论从哪一方面看，都算不上“横空出世”。

周家并非名门，但家庭和睦，幼年的周敦颐与兄弟姐妹手足情深，可惜后来，姐姐与弟弟接连夭折，他小小年纪已历经生离死别，在与悲伤的对抗与和解中成了早熟的孩子。他刻苦求学，与人为善，但生活依然给了他风刀霜剑的磨砺，那些难以理解的困惑，都需要向书本中的先贤们寻找答案，于是十四岁时，他带着简单的行李告别父母，孤身前往月岩，专注于读书，寻求属于自己的思与行之“道”。

然而生活的考验仍未停息。十五岁那一年，父亲去世，家境陡变，少年周敦颐必须和母亲一起另谋生计，母子辗转奔波，投靠舅舅郑向，虽一路风尘，好在并无寄人篱下之苦。周敦颐因为勤奋好学、品行端正而深受舅舅疼爱，在安顿了生活之后，他得以继续忘我地求知。舅舅知道他酷爱白莲，特意在门前构建庭园种植莲花，在如此舒适的环境中，周敦颐与莲结下了一生不解之缘。

经史子集是他的学问基础，而对现实世界的观察、感受与思考，与那些“纸上得来”的知识一起，成就了他的精神家园。

求学问道是寂寞的旅程。经历了多少悲欢离合的周敦颐无惧寂寞，富贵于他更似浮云，他在舅舅的推荐下步入仕途，也曾辗转任职地方，但飞黄腾达不是他的追求，兴教办学才是他的志愿，相比于追逐名利，他更享受思维的乐趣，在蹉跎半生后终于萌生退意，于庐山西北麓筑堂定居，创办了濂溪书院设堂讲学，完成了最初的梦想。

周敦颐在治学中，提出许多新问题，并作出新的论断，把儒学向前推进了一步。他所提出的无极、太极、阴阳、五行、动静、主静、至诚、无欲、顺化等理学基本概念，为后世的理学家反复讨论和发挥，构成理学范畴体系中的重要内容。南宋理宗时，诏从祀孔子庙堂，周敦颐的理学奠基者地位为官方所承认，他是宋明理学的开山祖师。

宋明理学，即为两宋至明代的儒学。宋明时期儒学的发展是儒、释、道三教长期争论和融合的果实，也是春秋战国和汉代所形成的儒学思想体系在新的历史条件下的完善过程。周敦颐开创的"濂溪一脉"，赋予了儒学第二次生命，具有革命性的意义。他不仅为"理学"贡献了诸多原理与方法，也为"理学家"提供了一个内在的超越境界。

周敦颐对宋明理学最主要的贡献，是恢复了儒家中断近千年的所谓"道统"，积极提倡和践行"孔颜之乐"，更敢于打破"三教"壁垒，大胆援引佛道，开创了重要的理学方法论。在当时儒、佛、道合流的形势下，周敦颐对《老子》的"无极"、《易传》的"太极"、《中庸》的"诚"以及五行阴阳学说等进行熔铸改造，并为宋以后的道学家提供"无极""太极"等宇宙本体论的范畴和模式。此后二程的"扩大"，朱熹的"集大成"，都是在周敦颐原有的思想基础上的完善化、系统化。

周敦颐的哲学著作，现存者只有一幅《太极图》、二百多字的《太极图说》和不满三千字的《通书》。

《太极图说》起始于"无极而太极"的宇宙本体论，而终归于"主静立人极"的封建伦理观。"无极而太极"自我运动的结果，是产生了“得其秀而最灵”的“人”；《通书》中又指出“天下之众，本在一人”。这个“以仁育万物，以义正万民”的“圣人”，就是代表“妙万物”的“太极”来统治社会的。因此，被周敦颐神圣化、绝对化了的无形无象而又最高最初的“太极”，归根到底是为宋朝有权有势而又至尊至贵的封建上层统治者服务的。

在宇宙生成学说基础上，他又提出“至诚”和“主静”的道德论。他认为，人性有五品，即刚善、刚恶、柔善、柔恶和中，适中是最完善的人性，其余诸品皆有缺陷。只有达到“至诚”境界，人性才能完善。因为“诚”源于宇宙的本原，体现太极的道德本质，是五常（仁、义、礼、智、信）的根本，是行为的渊源，是圣人立身之德。

如黄宗羲在《宋元学案》中所言，“周子之学，以诚为本”。周敦颐认为“诚”是普通人成为圣人的修炼法则。“君子乾乾不息于诚，然必惩忿窒欲，迁善改过而后至”。一个人通过内心的修炼，做到“惩忿窒欲”和“迁善改过”，就能达到圣人“诚”的境界。如果人们都自觉按照封建道德标准去约束自己规范行动，便可达到“立人极”的最终目标。

周敦颐一生求“诚”求“静”，但并未像林逋一样远离世俗生活，他积极融入现实社会，试图为民谋福利，却没有范仲淹与王安石破釜沉舟的魄力，他勤勤恳恳地往返于尘世生活与纯粹精神家园之间，为世人寻找认知世界的方式，为一个时代建立全面的思想体系，而他的努力，在生前未曾得到应有的认可。

1220年，南宋朝廷追赐周敦颐谥号“元”，后世称其为“元公”。此时距离周敦颐去世已有近150年。

周敦颐的理学思想在中国哲学史上起到了承前启后的作用，但是他生前官位不高，学术地位也不显赫，在他身后，弟子程颢、程颐成名，他的才识才被认可，后来得到朱熹的推崇，学术地位最终确定，被称为程朱理学的开山祖师。

毋庸置疑，他的思想影响深远。南宋朱熹吸纳了周敦颐的学说，而成理学大家。明朝王阳明是心学集大成者，也曾写诗表达对周敦颐的景仰。

2

世界上最遥远的距离，是明明如月，何时可掇。

周敦颐的志向明确，而他的思想局限也客观存在，如同漫长历史中多少追求真理的人们，在那些独自求索的岁月中，他或许也时常面对举头望明月、低头只能捡起六便士的困境。思维的乐趣与现实的无奈，往往如影随形。他将自己的纠结与豁达，都写在了那篇《爱莲说》中。

爱莲说

水陆草木之花，可爱者甚蕃。晋陶渊明独爱菊；自李唐来，世人甚爱牡丹。予独爱莲之出淤泥而不染，濯清涟而不妖，中通外直，不蔓不枝，香远益清，亭亭净植，可远观而不可亵玩焉。

予谓菊，花之隐逸者也；牡丹，花之富贵者也；莲，花之君子者也。噫！菊之爱，陶后鲜有闻，莲之爱，同予者何人？牡丹之爱，宜乎众矣。

这篇传诵千古的短文，堪称周敦颐毕生心路历程的缩写，也隐藏了他学术思想的“纲要”。“水陆草木之花，可爱者甚蕃”，是大千世界本真的面貌，爱菊的陶渊明，爱牡丹的世人，和独爱莲的作者自己，分别代表了归隐、入世和独立清醒三种人生价值选项。“中通外直，不蔓不枝”，让莲有足够的底气对抗现实的污浊，而终究发出了“同予者何人”的自问，自愿成为君子的周敦颐，在向无垠的时空寻觅惺惺相惜的君子，余音不散，回响千年。

从宽广宇宙到现实世界及至个人内心的取舍，周敦颐将自己的世界观、人生观与价值观坦然表达，怎一个“诚”字了得。

那是他人到中年的感慨，脉络清晰一气呵成。据清邓显鹤《周子全书》记载：“八年癸卯。先生四十七，正月七日，行县至于都，邀余杭钱建侯（拓）、四明沈希颜游岩题石，并有诗刻石。五月，作《爱莲说》，沈希颜书，五抟篆额。钱拓上石，即十五日事也。”

一个普普通通的人，在一个不算流光溢彩的时代，度过了简朴低调的一生，没有惊心动魄，没有波澜起伏，只有独上高楼的勇气，和衣带渐宽终不悔的决心。他孤独地游走于出世与入世之间，为芸芸众生寻求道德规范与行为准则，且始终以身作则去践行，他穷极一生去努力接近内心的那一位“君子”，让世人铭记了那一份亭亭净植不可亵玩的“莲之爱”。

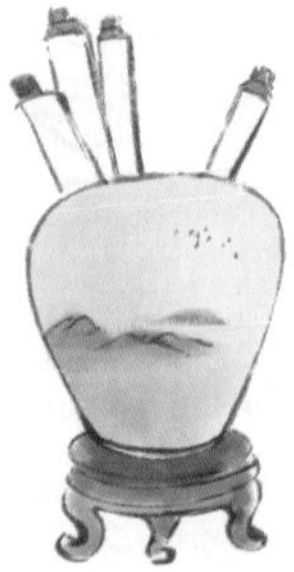

外在世界的许多无奈，需要向内在世界寻求解答，蕴含于宋诗中的“理”，治愈了诗人，也抚慰了一个时代。

朱熹：

理性的春天

1

理学，在周敦颐和“二程”之后，迎来了集大成的一代宗师。

圣贤之学如同烙印，深刻在朱熹的生命里。

朱熹出身于儒学世家，父亲朱松对他的教育严格认真。《宋史》本传记载：“熹幼颖悟，甫能言，父指天示之曰：‘天也’，熹问曰：‘天上何物’？”儿时的朱熹，就是一个具有强烈求知欲望的人。

朱松是在二程理学思想教育下成长起来的儒生，他要求儿子以学做圣贤为目标。据《朱子年谱》中记载，朱熹在10岁时就立志读书学圣贤，每天如痴如醉地攻读《大学》《中庸》《论语》《孟子》。他自己回忆说：“某十岁时，读《孟子》，至圣人与我同类者，喜不可言。”从此，便立志要做圣人。他后来又教育学生说：“凡人须以圣人为己任。”

朱熹少年聪慧，十九岁考中进士，曾任江西南康、福建漳州知府、浙东巡抚等职，做官清正有为，振举书院建设。但他一生最重要的事，是探索与发展理学。

理学又称道学，是以研究儒家经典的义理为宗旨的学说，即所谓义理之学。

朱熹总结了以往的儒家思想，尤其是宋代理学思想，建立了庞大的理学体系，成为宋代理学之大成，其功绩为后世所称道，其思想被尊奉为官学，而其本身则与孔子并提，称为“朱子”。朱熹的哲学体系以程颢、程颐兄弟的理本论为基础，并吸取周敦颐太极说、张载的气本论以及佛教、道教的思想而形成，其核心是“理”，或称“道”“太极”。

朱熹著述甚多，有《四书章句集注》《太极图说解》《通书解说》《周易读本》《楚辞集注》，后人辑有《朱子大全》《朱子集语象》等。

在元、明、清三代，朱熹的理学一直是封建统治阶级的官方哲学，标志着封建社会的意识形态更趋完备。元朝皇庆二年（1313年）恢复科举，诏定以朱熹《四书章句集注》为标准取士。明朝科举考试更是严格规定，考生对题意的解释，必须以朱熹的观点为依据。这是科举制度从寻章摘句到经世致用的历史性转折，朱学由此成了巩固封建社会统治秩序的精神支柱，它强化了“三纲五常”，也禁锢了知识分子的思维创新，对后期封建社会的变革，起到了一定的阻碍作用。

朱熹是中国历史上著名的思想家，也是一位著名的教育家。他一生热心于教育事业，孜孜不倦地授徒讲学，无论在教育思想或教育实践上，都取得了重大的成就。朱熹在世之时，曾经整顿了一些县学、州学，又亲手创办了同安县学、武夷精舍、考亭书院，重建了白鹿洞书院和岳麓书院，并且还亲自制定了学规，编撰了“小学”和“大学”的教材，为封建社会培养了一大批知识分子，其中包括不少著名的学者，也纷纷形成了自己的学派。

与朱熹同时代的陆九渊，是南宋“心学”的代表人物。朱陆二人治学目标基本一致，但思想方法和认识途径大不相同，代表了南宋唯心主义理学内部的两个不同学派，进行了长期的学术争辩。时光漫漫，学海无涯，双方通过书信往来探讨哲学问题，直至鹅湖之会开创了书院会讲之先河。

宋孝宗淳熙二年，由另一位著名学者吕祖谦发起，朱熹和陆九渊、陆九龄兄弟在信州鹅湖寺集会，辩论的焦点是“为学之方”。这便是中国古代学术史上著名的“鹅湖之会”，实质上是朱熹的客观唯心主义和陆氏兄弟的主观唯心主义的一场正面交锋。

朱熹强调“格物致知”，认为格物就是穷尽事物之理，致知则是推致其知以至其极。他认为“致知格物只是一事”，是认识的两个方面，主张多读书，多观察事物，根据经验，加以分析、综合与归纳，然后得出结论。

陆氏兄弟则从“心即理”出发，认为格物就是体认本心。他们主张“发明本心”，心明则万事万物的道理自然贯通，不必多读书，也不必忙于考察外界事物，去此心之蔽，就可以通晓事理，所以尊德性、养心神是最重要的，反对多做读书穷理之工夫，以为读书不是成为至贤的必由之路。

双方在会上各执己见，最终不欢而散。但鹅湖之会5年过后，陆九渊来到白鹿洞书院拜访朱熹，请其为兄长陆九龄撰写墓志铭，朱熹不仅接受了请求，还邀请陆九渊为书院师生讲学，陆也欣然同意。陆九渊讲解了《论语》“君子喻于义，小人喻于利”章，恰是他与朱熹为学为人风范的写照。两人在哲学观点上虽有分歧，但于学术交往和待人处事中，都以宽宏大度的君子之风践行着义理之学。

“鹅湖之会”是中国古代思想史上一次堪称典范的学术讨论会，被后人用来比喻具有开创性的辩论会。

朱熹晚年遭遇庆元党禁，被列为“伪学魁首”，削官奉祠。在其去世后被追赠为太师、徽国公，赐谥号“文”，故世称朱文公。

作为儒学一代宗师的朱熹，登上了一个封建知识分子所能到达的巅峰，随后却又坠入万丈深渊，极致的辉煌与彻底的悲哀构成了他人生的两种底色，对比鲜明，发人深思。他的思想在后世的影响力绵延不绝，但终究不过是封建统治者的工具。

2

盛唐为诗歌插上想象的翅膀，那是风流绮丽予人的浪漫禀赋；宋朝却唤醒了文学内省的自觉，那是现实危机带来的思考能力。

与唐诗的气象恢宏不同，宋诗，胜在理智。在无边繁华的唐诗之外，宋诗依然有其存在的价值，也是因了一份理性。

豪放如苏轼，作词情绪饱满不拘一格，乱石穿空，惊涛拍岸，千古江山的气韵涌动在字纸间，写起诗来却将情感内收，诗句里流露着不偏不倚的理智。

题西林壁

横看成岭侧成峰，远近高低各不同。
不识庐山真面目，只缘身在此山中。
荷尽已无擎雨盖，菊残犹有傲霜枝。
一年好景君须记，最是橙黄橘绿时。

无论一个人的思辨，或是对好友的勉励，先摆事实再讲道理，是苏轼作诗的重要模式。他的一首诗就好像一篇微型议论文，逻辑顺畅条理清晰，叙事清新，说理透彻，二者之间自然转换，道理有事实的依据，事实也绝非混乱堆砌，而是指向明确的归宿，当写景状物渐入佳境时，一束思想火花便呼之欲出，苏轼一次次地引领他的读者，漫步在迂回曲折的“思”路上。

理学宗师朱熹的诗，更是堪称宋诗重理的表率。朱熹不是专业诗人，他的主业是思想与教育。他的诗，往往也是为思想启迪、社会教化而作。

春日

胜日寻芳泗水滨，无边光景一时新。
等闲识得东风面，万紫千红总是春。

春风满面，春意盎然，表面看去，这是一首热情洋溢讴歌春天的诗，行文朴素而不失优雅，堪称春天主题的模范作文。但朱熹是用心良苦的人呵，一心只读圣贤书的他，或许都不曾迈出家门去踏青，却以文字构建了一个芳菲浩荡的“春日”，劝导人们去追求心中的万紫千红。

无论朱熹是否观赏了户外的春色，他都不可能“寻芳泗水滨”。“泗水”是孔子讲学的地方，也是生于南宋的朱熹无法抵达的远方，到不了的泗水，在地理与心理双重层面，都是他内心向往的方向，它是家国残缺的印证，更是他渴望能够触及的圣贤境界。

苏轼仍是在实实在在地观察庐山，而朱熹则干脆虚构了泗水的春天。虚拟的情景缺乏细节，但有“无边光景”的非凡气魄。朱熹打破了以微距视角描写春天的传统，直接给出了航拍般的宏大画面，任凭想象的风筝在天空中驰骋。此时他却收回了线，透露了真实意图——圣贤之道恰如一夜东风，使大地苏醒，万物焕发生机。他是在诚恳地说理，而没有说教的意味。

《观书有感（二首）》似乎是“春日”主题下的延伸论述。

观书有感（二首）· 其一

半亩方塘一鉴开，天光云影共徘徊。

问渠那得清如许？为有源头活水来。

既是“观书”有感，那么“半亩方塘”与“天光云影”便并非当下出现在眼前的场景。

它来自日常生活，或许被大多数人错过，而被朱熹精准捕捉，储存在脑海中，并赋予了灵动的生气。为什么这画面让他如此难忘，因为其中蕴含着朴素的道理："问渠那得清如许？为有源头活水来。"

但这只是第一层说理。就像《春日》中的"东风"，这里的"源头活水"也承载着深刻的比喻，正在"观书"的朱熹告诉世人，是不断更新的知识让人保持进步。

观书有感（二首）·其二

昨夜江边春水生，艨艟巨舰一毛轻。

向来枉费推移力，此日中流自在行。

"昨夜江边"依然是虚拟，某个困扰许久的难题就像"艨艟巨舰"一样沉重，它突然轻快地顺流而下，是因为被书中哲理醍醐灌顶。灵感爆发的瞬间，就是读书人的大"自在"。

那些独坐书斋中，追求"源头活水来"，任思想"中流自在行"的日子，大约是朱熹一生最幸福的时光吧。外在世界的许多无奈，需要向内在世界寻求解答，蕴含于宋诗中的"理"，治愈了诗人，也抚慰了一个时代。

第6辑

艺苑

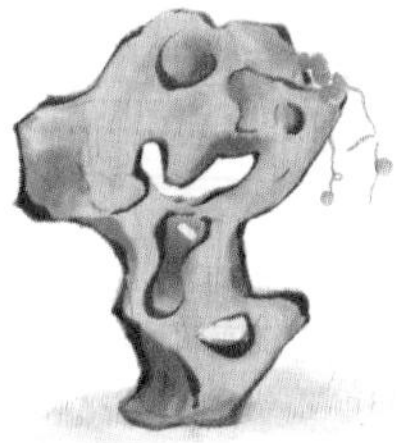

于宋徽宗，千里江山是其未曾实现的梦想，千里饿殍却是残酷的现实，但他选择视而不见。作为君王，他主动放弃了改变个人与国家命运的机会，作为艺术创作的推动者，他的审美趣味却影响至今，让他的人生成为一个充满鲜明对立的矛盾体，令后世感慨沉吟至今。

宋徽宗：

往事知多少

1

生平不详的王希孟，因为一幅画而千古留名。那是中国青绿山水的巅峰之作——《千里江山图》。

纵长51.5厘米，横长1191.5厘米，绢本大青绿设色，现藏于故宫博物院的《千里江山图》，曾被元代书法家溥光赞叹，“自可独步千载，殆众星之孤月耳”。换言之，这是一幅空前绝后的巨作。

随着卷轴缓缓展开，画面逐渐深入，节奏起承转合，胸怀波澜壮阔，历经层峦起伏、峰回路转和渔舟唱晚三个篇章，所有山川湖泊、房舍屋宇、亭台楼榭和野渡渔村，在青绿色彩的主旋律中融为一体，最终汇成了一部荡气回肠的史诗。

这是典型的中国南方山水，而山是当仁不让的主角。画面大致分为六部分，每一部分的景象都由山领衔，层峦叠嶂起伏绵延，从青山如黛的秀美动人，到山峰林立的非凡气魄，直至巍然屹立的群山之巅，而终结于平稳从容的远山与坡岸，如交响乐组曲从慷慨激昂的高潮回归宁静舒缓的节奏。

江流曲折蜿蜒，桥梁飞跨两岸，村落古朴清幽，点缀于山峦之间，亦不着痕迹地连接与沟通了画面，实现了移步换景与有机融合，也描述了人与自然和谐共生的理想境界。

18岁的北宋宫廷画师王希孟横空出世，驾驭着如此宏大的尺幅与构想。王希孟其人，依稀可见于《千里江山图》的题跋："希孟年十八岁，昔在画学为生徒，召入禁中文书库。数以画献，未甚工。上知其性可教，遂诲谕之，亲授其法。不逾半岁，乃以此图进。"

题跋出自北宋权臣蔡京，这幅巨作的第二位主人。因为王希孟不曾为画史所录，这不足百字的记录便成为后世推论的重要依据。

或许可以猜测，少年王希孟以其技艺与胆识赢得了皇帝的赏识，得到了创作《千里江山图》的机会，他也没有辜负难得的机遇和颜料与画绢的物质保障，以精练的手法、绚丽的色彩和细腻的笔触，完成了这幅宋朝山水画的杰作。

王希孟以18岁的青春热血，画出了他心中的千里江山，酣畅笔墨中亦流动着北宋末年一代文人士子的爱国热情。

同为北宋名画，《清明上河图》胜在事无巨细的细节刻画，和对北宋汴京市井生活的高度还原，这使得它不仅具备超高的艺术价值，更拥有难得的史料价值。《千里江山图》却是基于写生的理想山水，在山水之间错落有致分布着亭台、寺观、磨坊、院落，赶驴的商队和玩耍的孩童，但他们只是附着于山水而存在。

《清明上河图》并未提供很多住宅全景和布局的信息，而《千里江山图》是山水画中表现住宅和院落全景最多的一幅，透过《千里江山图》，可以更细致地梳理出北宋的民间建筑形制。这两件作品，一幅是现实主义的巅峰，一幅是“丰亨豫大”的理想景象，代表着北宋末年宫廷绘画的两个方向。

无论现实主义，抑或“丰亨豫大”，其背后都有同一个身影——宋徽宗赵佶。是在他的亲自指导下，少年画师王希孟创作出了独步千载的《千里江山图》；也是他重用蔡京为相，以改革之名实行腐朽统治，让北宋王朝步入危机四伏的绝境。

2

不善于治理江山的宋徽宗，在本职工作之外的诸多领域，都取得了不俗的成绩。

在书画的世界里，他拥有自己的千里江山。

他于崇宁三年（1104年）设立了画学，正式纳入科举考试之中，以招揽天下画家。画学分为佛道、人物、山水、鸟兽、花竹、屋木六科，因为崇尚“文人画”，便摘古人诗句作为考题。考入后按身份分为“士流”和“杂流”，分别居住在不同的地方，加以培养，并不断进行考核。

宋徽宗利用皇权，改变了宫廷画家的社会身份，画家的地位显著提高，且享有优厚的待遇。他作为艺术创作的统领者，对绘画有着直接而明确的要求，身为画家的宋徽宗，从不放任宫廷画家自由创作，在形式和趣味上都有严格的要求。他的审美情趣，成为画家艺术风格的绝对标准，宫廷画家创作的艺术作品，在题材和表现技法等方面，都要符合其审美倾向。

在其大力推动下，北宋画院的创作繁荣一时，皇家的收藏也得到了极大的丰富，宫内书画收藏编纂为《宣和书谱》和《宣和画谱》，成为今天研究中国古代绘画史的重要文献。《宣和画谱》记录了他收藏的花鸟画二千七百八十六件，占全部藏品的百分之四十四。

与热衷于盖章钤印的乾隆不同，宋徽宗不仅是书画爱好者与收藏家，更是积极的实践者。

他是工笔画的开创者，花鸟、山水、人物、楼阁，无所不精，尤其擅长花鸟画。他注重写实，笔触细腻，令人叹服。精研花鸟画的他，在谋篇布局上时常别出心裁，开南宋山水画构图改革之先声。在宋徽宗之前，北宋的绘画理论注重气韵，但他严格要求形神并举。他的画作往往取材于自然写实的物像，却致力于表现内心向往的理想世界。

宋徽宗还提倡诗、书、画、印的结合。他创作时，常以诗题、款识、签押、印章巧妙地组合成画面的一部分，这成了元、明以后绘画派传统特征。在他的绘画尤其是花鸟画作品上，经常有御制诗题、款识、签押、印章。

一幅《芙蓉锦鸡图》，虽被认为是画师代笔之作，却无疑印证着宋徽宗的绘画理念。画面构图精妙，写实功力深厚，左下角秋菊一丛，稍上斜偃芙蓉一株，花鸟锦鸡依枝，回首仰望右上角翩翩戏飞的双蝶；诗书画印有机结合，顺着锦鸡的目光，可见右侧空白处的诗题："秋劲拒霜盛，峨冠锦羽鸡；已知全五德，安逸胜凫鹥。"他独创的"瘦金体"与富丽祥和的画面融为一体，反复强调着由他引领的审美主张。

因其工笔花鸟画的卓越成就，宋徽宗画作中返璞归真的宫廷风格往往被忽视。事实上，他的传世作品中，风格工整细腻的《祥龙石图》《芙蓉锦鸡图》《听琴图》《雪江归棹图》《瑞鹤图》《翠竹双雀图》皆被疑为画院中高手代笔之作。只有故宫博物院的《四禽图》卷和上海博物馆藏的《柳鸦图》卷被认定是他的亲笔，两幅都是水墨纸本，本色天然。另一幅《池塘秋晚图》同样朴拙素雅，不事雕琢。

宋徽宗不仅擅长绘画，在书法上的造诣也颇深。他在学黄庭坚、薛曜、褚遂良的基础上，创造出独树一帜的"瘦金体"，挺劲利落，侧锋如兰竹，与其所画工笔重彩相映成趣。宋徽宗传世的书法作品很多，楷、行、草书各具特点，表现出鲜明的个性。其中笔法犀利、飘逸遒劲的《秾芳依翠萼诗帖》为大字楷书，是宋徽宗瘦金书的代表作。瘦金体以其独特的艺术个性，吸引后世之人学习模仿，但能得其神韵的却寥寥无几，毕竟宋徽宗的艺术修养难再得，他所主导的那个书画为主题的时代也早已不复存在。

著名的《清明上河图》上，也留下了宋徽宗的真迹。作为当时所有宫廷名画的第一位收藏者，他用"瘦金体"书法亲笔题写了"清明上河图"五个字，并钤上了双龙小印。

宋朝是中国茶文化发展的重要时期，宋徽宗精于茶艺，曾多次为臣下点茶，而他最大的贡献是撰写了茶书经典——《大观茶论》。成书于大观元年（1107年）的《大观茶论》共二十篇，对北宋时期蒸青团茶的产地、采制、烹试、品质、斗茶风尚等均有详细记述。其中“点茶”一篇，见解精辟，论述深刻，从一个侧面反映了北宋以来我国茶业的发达程度和制茶技术的发展状况，也为后世认识宋朝茶道留下了珍贵的文献资料。

“点茶不一。而调膏继刻，以汤注之，手重筅轻，无粟文蟹眼者，调之静面点。盖击拂无力，茶不发立，水乳未浹，又复增汤，色泽不尽，英华沦散，茶无立作矣。有随汤击拂，干筅俱重，立文泛泛。谓之一发点、盖用汤已故，指腕不圆，粥面未凝。茶力已尽，云雾虽泛，水脚易生。妙于此者，量茶受汤，调如融胶。环注盏畔，勿使侵茶。势不欲猛，先须搅动茶膏，渐加周拂，手轻筅重，指绕腕旋，上下透彻，如酵蘖之起面。疏星皎月，灿然而生，则茶之根本立矣。第二汤自茶面注之，周回一线。急注急上，茶面不动，击指既力，色泽惭开，珠玑磊落。三汤多置。如前击拂，渐贵轻匀，同环旋复，表里洞彻，粟文蟹眼，泛结杂起，茶之色十已得其六七。四汤尚啬。筅欲转稍宽而勿速，其清真华彩，既已焕发，云雾渐生。五汤乃可少纵，筅欲轻匀而透达。如发立未尽，则击以作之；发立已过，则拂以敛之。结浚蔼，结凝雪。茶色尽矣。六汤以观立作，乳点勃结则以筅著，居缓绕拂动而已，七汤以分轻清重浊，相稀稠得中，可欲则止。乳雾汹涌，溢盏而起，周回旋而不动，谓之咬盏。宜匀其轻清浮合者饮之，《桐君录》曰，‘茗有饽，饮之宜人，虽多不力过也。’”

蕴含于其间那不厌其烦的仪式感，和对于美的极致追求，都是一个时代经济实力与文化格调的最佳注脚。

3

春花秋月何时了，往事知多少。

传说宋徽宗于其父神宗观看南唐后主李煜的画像后出生，因而被寄予了“文采风流，过李主百倍”的期望，他未能写出如《虞美人》一般的千古名篇，却或多或少复刻了李煜的人生。

生于皇家，他拥有锦衣玉食的生活条件，接受了当世最好的教育，自幼爱好广泛，对笔墨、丹青、骑马、射箭、蹴鞠，甚至奇花异石、飞禽走兽都有着浓厚的兴趣，而在书法绘画上，更是表现出非凡的天赋。

在艺术的世界里，他没有辜负与生俱来的天赋，成为唯一真正具有丰厚艺术涵养的封建帝王，对于岌岌可危的北宋王朝，他却是不合格的领导者。

靖康元年深冬，金兵再次南下攻破汴京。靖康二年三月底，金帝将已被废为庶人的宋徽宗、宋钦宗父子，连同后妃、宗室、百官数千人，以及教坊乐工、技艺工匠、法驾、仪仗、冠服、礼器、天文仪器、珍宝玩物、皇家藏书、天下州府地图等一并押送北方，汴京中公私积蓄被掳掠一空，北宋灭亡，史称“靖康之变”。

作为北宋王朝的符号性人物，宋徽宗受到了极致的羞辱。他被封为“昏德公”，囚禁于天寒地冻的五国城，身心备受折磨，直至客死他乡。

一个执着于书画之美的时代草草结束，一个痴迷于艺术的帝王走向了惨淡的人生结局，川流不息的《清明上河图》与群峰竞秀的《千里江山图》，竟成了绚烂之极的绝唱，而终究化作了《东京梦华录》中的依依不舍与无限眷恋。

900多年后，宋徽宗的存世画作是否为其亲笔众说纷纭，他对于对画院创作的过多干预也颇有争议，而无论如何，北宋末期书法与绘画的繁荣，离不开宋徽宗的大力推动，诸多传世名作也是在他的物质与精神支持下得以完成。

于宋徽宗，千里江山是其未曾实现的梦想，千里饿殍却是残酷的现实，但他选择视而不见。作为君王，他主动放弃了改变个人与国家命运的机会，作为艺术创作的推动者，他的审美趣味却影响至今，让他的人生成为一个充满鲜明对立的矛盾体，令后世感慨沉吟至今。

宋徽宗的诗词创作无甚成就，尤其前期作品，以矫揉造作的陈词滥调居多，但在沦为亡国之君后，却写下不少情真意切的佳作。“彻夜西风撼破扉，萧条孤馆一灯微；家山回首三千里，目断山南无雁飞”。

不知在冰封千里的异乡回首家山时，他内心跨越了怎样的山峦起伏。